チャオ！ チャオ！ パスタイオ
面倒な隣人とワタシとカルボナーラ

からした火南

富士見Ｌ文庫

menu

Ciao! Ciao! Pastaio

第一幕　誓いのカルボナーラ

キッチンからただようニンニクの香りをかいだ瞬間、あまりの芳《こう》ばしさにお腹《なか》がなってしまった。しかも驚くほど大きな音が。

聞こえてしまっただろうか。不安になって様子をうかがう。

この部屋にきた直後、すでに聞かれているのだ。一度聞かれるも二度聞かれるも、大した差はない……なんてことはなく、やっぱり恥ずかしくて顔から火がでてしまいそうだ。

「もうすぐできるから、ちょっと待ってね」

腹の虫に応えて、キッチンから苦笑まじりの声がかえってきた。

ほら、やっぱり聞こえていた！

恥ずかしい、恥ずかしすぎる！　穴があったら入りたいどころの騒ぎじゃない。できることなら消えてしまいたい！

ダイニングテーブルの席について、お料理ができあがるのを待っている。テーブルの上にはランチョンマットがしかれ、ピカピカに磨き上げられたフォークが配されていた。

「さぁ、そろそろ完成だ」

カウンターの向こう、キッチンに立つ萱代《かやしろ》さんがフライパンを二度、三度とあおる。男の人に料理を作ってもらうだなんて、もしかしたら初めてのことではないだろうか。料理している男性って、何だかカッコいい。思わず見ほれてしまう。

しかし萱代さんって、こんなにイケメンだっただろうか。隣室に住んでいるとはいえ、すれ違ったときに挨拶をかわす程度の仲だ。顔なんか憶《おぼ》えちゃいなかったし、萱代という名字だって憶えていた自分をほめてあげたいくらいだ。

ワタシよりも、すこし歳上《としうえ》だろうか。キザな仕草が鼻につくけど、アラサーでお腹がでていないのはポイントが高い。イケオジ好きのワタシ的に贅沢《ぜいたく》を言わせてもらうのなら、年齢がもっと上であれば最高だ。

「おまたせ。お腹すいたでしょ」

サーブされたお皿にはパスタが盛られ、美味《おい》しそうな湯気をたてている。目だった具材はなく、素うどんならぬ素パスタといった雰囲気だ。オイルに濡《ぬ》れる唐辛子とイタリアンパセリのコントラストが、とても冴《さ》えてるんじゃないかと思う。

「さぁ、召し上がれ《ボナペティート》」

芝居がかった物言いで、萱代さんがパスタをすすめてくれた。

「いただきます」

手をあわせることすらもどかしく、引ったくるようにしてフォークをにぎる。さっきから芳ばしい香りに、食欲が刺激されっぱなしなのだ。待ちかねたとばかりに目一杯のパスタを巻きつけた。そして口いっぱいに頬ばった次の瞬間、驚きに目をみはる。

「こ、これ、何が入ってるんです⁉」

食べながら叫びだす行儀の悪いワタシを見て、萱代さんが眉根をよせている。

仕方がないじゃないか！　飲み込むのがもったいないほどに美味しいのだから。具が入ってない素パスタがこんなにも味わい深いだなんて、これはもう驚くしかない。

「何って……ニンニクと唐辛子だけど。あとオリーブオイル」

「それだけ⁉　調味料は⁇」

「パスタを茹《ゆ》でるときに塩を」

「塩だけ……なの⁉」

たったそれだけで、こんなに美味しいパスタができるだなんて。いったいどんな魔法を使ったのだろうか。

「もしかして、美味しくなかった？」

「逆です、逆！　素パスタなのに、美味しすぎます！」

「素パスタ？　ちゃんと名前があるよ。ペペロンチーノっていう名前がね」

よく聞く名前だ。ベーコンとキャベツのペペロンチーノとか、キノコのペペロンチーノとか……飲食店はもちろん、ウェブのレシピサイトでもよく目にする。たしかトマトが入っていないピリ辛のパスタのことだ。でもワタシが知っているペペロンチーノは、こんな具が入っていない素パスタではなかったはずだ。

「ペペロンチーノって普通、ベーコンとか野菜とか入って……」

不意に眼前にさしだされた人さし指が、ワタシの言葉をさえぎる。

「正確には、スパゲッティ・アーリオ・オーリオ・エ・ペペロンチーノ……つまり、ニンニクとオイルと唐辛子のスパゲッティだね。今回は仕上げにイタリアンパセリを使ったけど、基本的には三つの食材だけで作るパスタなんだ」

「へぇ！　そうなんですね」

「今回はスパゲッティで作ったけど、スパゲッティーニやフェデリーニで作っても食感が違って面白いね」

「スパゲッティーニ？？　何です？　スパゲッティとは違うんですか？」

それにフェデリーニなんて、初めて聞く名前だ。

「太さが違うね。スパゲッティは一・八ミリ、スパゲッティーニは一・六ミリ、フェデリーニは一・四ミリのロングパスタだよ」

「へぇ！　太さで名前が違うんですね！」

太さの違いなんて、気にしたことすらなかった。素直に驚いてはみたものの、もしかしてお隣さんって面倒くさい……もとい、こだわりが強い性格なのだろうか。

「もっと細いロングパスタもあるよ。一・三ミリより細ければカペリーニ、〇・九ミリより細ければカペッリ・ダンジェロと呼ぶんだ。細いパスタはイタリアじゃスープに仕立てたりするけど、日本独自の邪道として冷製パスタにしても美味しいよね。パスタを氷でシメるなんて言うと、イタリア人は驚くけどさ。でも日本じゃ当たり前の感覚だよね、麺を冷やすのは」

「は、はぁ。蕎麦《そば》とか素麺《そうめん》とか、冷やしますもんね……」

まくし立てるように語られる薀蓄《うんちく》は、いまだ止まる気配がない。

さて、たいして親しくもないお隣さんの部屋で、なぜパスタをご馳走《ちそう》になっているのか……。それを説明するには、昨日の夜までさかのぼる必要がある。

会社から帰ってご飯も食べずに動画配信サイトにかじりついたのは、たしか昨夜の九時くらいだったはずだ。全二十四話の推しアニメ、週末にもう一周楽しむつもりだった。夕食やお風呂をすませ準備万端ととのえてから鑑賞しようと思っていたのだけれど、待ちきれずに「とりあえず一話だけ」とうっかり観《み》はじめてしまったのが運のつき。そのまま止まらなくなってしまい、気がつけば一二時間をかけて全話を観おわっていた。

イッキ視聴すれば感動もひとしお……とは言うものの、感動じゃはお腹はふくれない。さすがに空腹をおぼえてコンビニ行きを決意した。コンビニに行くくらいで決意だなんて、大げさすぎると笑わないでほしい。徹夜あけの朦朧《もうろう》とした頭で、猛暑の中を歩こうというのだ。多少なりとも覚悟が必要だ。

部屋から一歩でただけで、照りつける八月の陽光に目がくらんだ。むせかえる熱気に辟易《へきえき》しながら廊下を歩きはじめた次の瞬間、タイミングよく開けはなたれた隣室のドアに激突して、盛大に尻もちをついてしまった。

あわてて駆けよるお隣さんに導かれるまま、彼の部屋へとお邪魔した。鼻血とすり傷を処置してもらい、鼻血が止まるまでソファーで休ませてもらうことになった。

やがて落ち着きを取りもどしてみると、体が空腹を思いだして盛大にお腹がなってしまった。笑いをこらえながらキッチンへ向かったお隣さんが、「出張で部屋を空けていたから、冷蔵庫が空っぽだ」と天をあおいだ。

食材を買ってくると駆けだそうとした彼を、無理に引き止めたのはワタシだ。知らない部屋で親しくもない人の帰りを待つだなんて、ぜったいに耐えられそうになかったからだ。それにワタシのために買い物に行ってもらうのも、何だか申し訳ない気がした。

「具のないパスタくらいしかできないけど、それでもかまわない？」

訊《き》かれて激しくうなずいた。具なんてあろうがなかろうが、一向にかまわない。温かいお料理が食べられるのならば、そんなのもう感謝しかない。

「宇久田《うくた》さんだっけ？　下の名前は？」

カウンターキッチンの向こうから、萱代さんが呼びかける。

「百合子《ゆりこ》です。宇久田百合子」

「へぇ、綺麗《きれい》な名前だ」

そう、綺麗な名前なのだ。そしてよく名前まけしていると言われる。大きなお世話だ。たてば芍薬《しゃくやく》すわれば牡丹《ぼたん》、あるく姿は百合《ゆり》の花……美人の代名詞のように言われる百合だけど、その名を受けた者がみんな美人だとはかぎらない。

しかし自分で言うのもおこがましいが、素材はそんなに悪くないはずだ。みがけば光ると言われるし、最近まで必死でみがきまくってきた。しかし今となってはもう、見た目や立ちふるまいに気をつかうことが面倒で仕方ない。

「萱代さん、洗面所かしてください」

「どうぞ、どうぞ。ご自由に」

ニンニクの皮をむきながら、萱代さんが洗面所へ続くドアをさししめす。

ソファーから身をおこし、重い足どりで洗面所へとむかった。洗面台の前にたち、鏡に映る自分の姿をのぞきこむ。徹夜あけの眠たげなスッピン顔に、乱れたボサボサ頭。着ているものと言えば、部屋着と呼ぶのもおこがましい、くたびれ伸びきったTシャツと古びたジャージ。Tシャツにプリントされたマイナーなゆるキャラが、スリ切れヒビ割れていた。いつもの休日ルックとは言え、改めて見るとひどい格好だ。

たいして面識のないお隣さんの部屋に、こんなだらしのない格好でお邪魔するだなんて思ってもみなかった。もっとマシな服を着ていればと、後悔したところでもう遅い。

「鼻血、止まったかな？」

キッチンから萱代さんの声がひびく。

「大丈夫……だと思います」

ちゃんと止まったかと鼻をすすり上げてみれば、意図せずキッチンから流れこむニンニクとオリーブオイルの香りを吸いこみ、盛大にお腹がなってしまった。そしてどうやら、鼻血は止まっているようだった。

リビングに戻るとテーブルの準備がととのい、パスタの完成を待つばかりとなっていた。席にすわり一息つくと、またもや芳ばしいニンニクの香りにお腹がなってしまった……。

あっという間に、ペペロンチーノをたいらげた。

後片付けくらいは私がやると申してでたのだけど、笑顔で断られてしまった。食器を引きながら、思いついたように萱代さんが提案する。

「そうだ。今度、冷製パスタをご馳走しようか。イタリア人に怒られそうだけど、やっぱり日本の夏は冷やした麺を食べたくなるよね。ベランダのバジルも茂ってるし、ちょうどタイミングがいい」

ベランダのバジルと聞いて、思わず窓の外を見やる。

開け放たれたカーテンの向こう、間どりから考えればあそこはサンルームになるだろうか。このマンションは、ベランダの半分がサンルームになっている。背の高い木製ラックがおかれ、植物の鉢が所せましと並んでいるようだ。

「バジルでペストを作って、冷製に仕立てよう。トマトが美味しい季節だし、ケッカを冷やしてみるのも面白いよね。トマトとバジルのコントラストが綺麗だし、目にも美味しいパスタに……」

「あ、あの……」

勇気を振り絞って、萱代さんの言葉をさえぎった。知らない単語ばかりが飛びだして、目まいがしそうだ。徹夜あけのぼやけきった頭では、会話のテンポに付いていくことすらむずかしい。

「お気持ちは嬉《うれ》しいですけど、これ以上お世話になる訳には……」

「かまわないよ。その様子だと、ろくなもの食べてないでしょ」

カチンときた。

たしかにろくなものなんて食べちゃいない。さっきだってお腹《なか》がすいたから、コンビニにお菓子を買いに行こうとしていた訳だし。

朝はパンに目玉焼をのっけるくらいだし、お昼は菓子パンをかじるかインスタント麵ですませてしまう。夕食だって、良くてスーパーのお惣菜《そうざい》かコンビニ弁当だ。

まったくもってその通り。ろくなものを食べてない。けれども親しくもないお隣さんから気づかいもなく言われてしまうと、腹がたつやら情けないやら……。

「たしかにろくなもの食べてませんけど、結構です。遠慮します」

ワタシにしては珍しく、きっぱりと断ることができた。怒気をはらんだワタシの言葉は、萱代さんの進撃をとめるに充分だったようだ。

「そう。それは残念だ……」

意気消沈した彼の姿に、多少なりとも溜飲《りゅういん》がさがる思いだ。こうなるとさらにもう一撃、追撃したい気持ちに駆られてしまう。

「そうだ！　逆にご馳走しますよ。今日のお礼に、ワタシが何か作りますから！」

驚いた表情で、萱代さんが目をしばたたかせている。

あっけにとられた様子だったけど、おもむろに口をひらいた。

「いや、遠慮するよ」

え、何で？　どうして⁇

せっかくお返しするって言ってるんだから、ここは素直に受けいれるところじゃないのだろうか。断るって、どういうこと⁉

「もしかして期待してないでしょ。ワタシだって、お料理くらいできるんですからね！」

言った瞬間、彼の表情がくもった。

「味に関しては妥協できないし、お世辞なんて言えないけど。それでもいい？」

もう一度カチンときた！

ちょっと待ってほしい。この人、ワタシの料理が不味《まず》い前提で話をしてない？　美味《おい》しいか不味いか、食べてみなければ判《わか》らないじゃないか！

「いいですとも。望むところです！」

ぜったいに美味しいって言わせてやる！

思わず拳をにぎりしめて、鼻息あらく彼をにらみつけた。

彼も挑戦的な眼差《まなざ》しをワタシに向けてくるのかと思ったけど、そうはならなかった。柔らかく微笑《ほほえ》むと……いや、もしかして失笑したのか？　まぁ、どちらでもいい、とにかく萱代さんは笑顔でキッチンへと向かっていった。

「珈琲《コーヒー》でも飲む？」

拳を握りしめたまま彼を見やると、何やら見なれない機械を操作していた。

「それって……」

「エスプレッソマシンだよ」

エスプレッソって家で淹《い》れる事ができるんだ、などと感心している場合ではなかった。小洒落《こじゃれ》たイタリアン・バールの誘いなんかことわって、すぐに自分の部屋へ帰るべきだったのだ。見事なラテアートが描かれたカフェラテだけではなく、エスプレッソに関する蘊《うん》蓄《ちく》までたっぷりとご馳走されるハメになるのだから……。

自分の部屋へもどり、掃除のいきとどいた萱代さんの部屋との落差に目をつぶりながらベッドに倒れこんだ。徹夜あけなのだ、満腹となったいま襲ってくるのは睡魔しかない。眠ってしまう前にこの気持ちを誰かに伝えたくて、同僚の玻璃乃《はりの》にメッセージを送る。

「お隣さんってば料理上手のイケメンだけど」

そこまで打ちこんだところで、睡魔に負けてしまった。続けて「すごく面倒くさい人だった」と打とうとしていたのに、スマートフォンを握りしめたまま深い眠りの中へと引きずり込まれていくのだった。

◇

会社のお昼休み、給湯器でインスタント麵にお湯をそそいだ。こぼさないように気をつけながら、休憩室の隅のテーブルを目ざす。席が決まっている訳ではないのだけれど、なんとなくこの席がワタシや玻璃乃たちの指定席のようになっている。休憩室には、全部で五十席くらいあるだろうか。お昼どきには軽食の提供もあり、社員食堂のような雰囲気だ。

そろそろ三分かと思いフタをはがそうとしたとき、コンビニ弁当をぶらさげた玻璃乃が目の前の椅子をひいた。向かいの席にすわるやいなや、グイッと顔をちかづけてくる。

「聞かせてもらおうか。料理上手のイケメンとやらの話を」

きつい関西のイントネーションで、唐突に週末のことを問いただしてくる。

「な、何で知ってるの!?」

「アンタがメッセ送ってきたんやろが。しかも返事しても反応ないどころか、既読すらつけへんし。どないなっとんねん、まったく……」

言われてみれば、萱代さんの部屋から戻って眠りに落ちる前、スマホを握りしめていた気がする。そうか、夢かと思っていたけど、玻璃乃にメッセージを送信してたのか。律儀にも返信してくれた玻璃乃のメッセージには気づかず、爆睡していたという訳だ。

今さらのようにスマホを確認してみると、たしかにメッセージアプリに、十件ほどの未読マークがついていた。あまりメッセージのやり取りをしないものだから、未読のチェックもおこたりがちだ。

「ごめんね。ちょっとドタバタしちゃって……」

「はいはい。推しを愛《め》でるのに忙しかったんやな」

ぐぬぬ。返す言葉もない……。

玻璃乃は同期入社で、同じ営業部に配属されて以来のくされ縁だ。営業の彼女と営業事務のワタシ。同じ部署とはいえ業務が違うから接点は少ないのだけれど、それでも仲良くなったのは同じ趣味をもっていたからだ。同じ趣味ってのは、アニメや漫画好きだってこと……いや、まぁ、これ以上は深く語らないでおこう。とにかく同好の士だと知って以来、仲良くしてもらっている。

性格は正反対だけど、なぜか玻璃乃が相手だとストレスを感じない。玻璃乃いわく「陰キャの友人が多いから、百合子みたいな奴の付き合い方は心得ている」ということらしい。さすがは営業成績ナンバーワン。人づきあいは得意科目のようだ。

インスタント麵をすすりながら、土曜日のできごとを玻璃乃に話した。食べ終わる頃には話しおわり、玻璃乃が深くうなずきながらつぶやいた。

「そうか。百合子好みのイケメンやったか……」

今の話を、どう聞いたらそうなるのだろうか。

「そんなんじゃなくて、具も入ってない素パスタが……」

「ペペロンチーノな」

すかさず玻璃乃からツッコミがはいる。さすがは関西人、ツッコミが早い。

「そう、そのペペロンチーノが、大した具も入ってないのに、あんなに美味しくできるのに驚いたっていうか……」

パスタが驚くほどに美味しいだなんて、ワタシにとっては大事件なのだ。何か特別なことをしているようには見えなかった。普通に作ってあんなに美味しくできるのなら、ワタシだって作ってみたい。

「でもまぁ、料理上手の男はポイント高いわな」

「わかるぅ～」

お料理を作ってもらうのって、とっても嬉しい。それが男の人だったりしたらなおさらだ。嬉しさが極まって、うっかり惚《ほ》れてしまうかもしれない。

「狙《ね》ろたらエエやん。彼氏おらへんのやろ？」

「うーん、でもあの人はないかな。何か面倒くさそうだし」

「顔で選んで、すでに失敗しとるしな」

いたずらっぽく玻璃乃が笑う。ワタシの恋愛失敗談は、すぐに彼女の笑いのネタにされてしまうのだ。

「薀蓄とか聞かされるし、面倒だよ……」

いかに料理が上手《うま》かろうがイケメンだろうが、性格は無視できるものではない。

「そんなんフンフン言うて、聞き流しとったらエエやん」

「でも、すっごくムカつくんだよ！　ろくなもの食べてないんでしょ、とか言われるし」

「事実やん」

食べ終わったばかりのインスタント麺の容器を、玻璃乃が指さして笑った。

ぐぬぬ。返す言葉がない。

「で、どないすんの？　手料理ふるまうんやろ。お隣のイケメンさんに」

「どうするって……やるよ？」

「そうやなくて、アンタ料理でけへんやん」

「あぁ、そっちの話ね……」

「何で料理もでけへんのに、料理ふるまう話になるんかな」

「それは売り言葉に買い言葉っていうか……」

「そんなんで料理できるようになるんやったら、世話ないわ」

あきれたように玻璃乃が天をあおぐ。

「でもワタシって、料理をやらないだけで料理が下手な訳じゃないと思うのよね」

「ほぉ、そんで？」

「だから作ってみれば、ちゃんと美味しくできるんじゃないかなって……」

「よぉ言うたな。包丁もろくに使われへんのに」

またもや返す言葉がなくなってしまった。

決して料理ができない訳ではないのだけれど、料理なんて二度とするもんかって思ってる。でも、あんなに美味しい料理が作れるのなら、もう一度だけ挑戦してみたい……そう思わせるだけの何かが、あのパスタにはあったのだ。

「でもまぁ、パスタのお礼なんやから、パスタ作ったらエエんとちがう？　包丁使わんとできるヤツもあるやろ」

「うん！」

何だかんだ言いながら、最後には励ましてくれる。いつだって背中を押してくれる。すこし口の悪い同僚の応援には、感謝しているのだ。

「僕、パスタ好きっすよ」

不意に頭の上から、男の人の声がふってきた。声の主を見やると、営業部の左京寺《さきょうじ》くんだった。コンビニ袋をぶら下げて、にこやかな笑みを浮かべている。

「誰もアンタに訊《き》いてへんわ。割り込んでくんなや」

鬱陶しそうに玻璃乃が声をあげる。左京寺くんは、玻璃乃の直属の部下だ。彼が入社してから三年、ずっと玻璃乃が面倒をみている。

「冷たいなぁ、玻璃乃さん。もっと優しくしてくれませんかね」

「馴《な》れ馴れしんじゃ！　下の名前で呼ぶな言うとるやろ」

「はぁい。解《わか》りました、玻璃乃さん」

「おまっ！」

いまにも摑《つか》みかかりそうな玻璃乃の気勢をそぐかのように、左京寺くんがにっこりと微笑む。出た、左京寺スマイル。この微笑みに、黄色い声をあげる女性社員はおおい。若手のみならずお局様《つぼね》たちからの人気も高く、だれにでも可愛《かわい》がられるお得な存在なのだ。

左京寺くんはコンビニの袋をテーブルに置くと、玻璃乃の隣にすわった。

「相変わらず仲いいのね」

そう言ったワタシに、左京寺くんが微笑みをかえす。その隣では、玻璃乃が険しい目つきでワタシをにらんでいた。

天然ともとれる左京寺くんのボケに、切れ味するどい玻璃乃のツッコミ……何だか夫婦《めおと》漫才のようにも見えて微笑ましいのだけれど、玻璃乃に言わせれば彼の態度は腹だたしくて仕方がないのだそうだ。

「で、何の話っすか？　百合ちゃんが何か作るとか……」

左京寺くんにかかれば、ワタシなんて下の名前どころかちゃん付けだ。いや、ちゃんが付いているだけ、まだマシだと考えるべきだろうか。

玻璃乃に聞かせた話を、かいつまんで左京寺くんに聞かせる。

「どうしてその流れで、手料理を振るまう話になるんですか」

「ウチも疑問やわ、そこ」

玻璃乃が深くうなずく。

「だって、言われっぱなしじゃ悔しいじゃない」

「怪しいお隣さんに作るより、僕に作ってくださいよ」

「何でやねん！」

ワタシに代わって、すかさず玻璃乃がツッコミを入れる。

早い！　さすがは関西人！

「彼女に作ってもらえば？　ワタシなんかに頼むよりもさ」

「僕、彼女なんて居ないですよ」

「はいはい。一人しか居ないとか、二人しか居ないとか、そういう意味でしょ？」

「ひどいなぁ。一人も居ませんって」

「本当？　怪しいなぁ……」

いぶかしげに見つめるワタシの視線を、軽く微笑《ほほえ》みでかわしてしまう。

「だから百合ちゃん、僕と付きあってくださいよ」

「こら！　左京寺！　なに会社でバツイチ口説いとんねん！」

玻璃乃の怒声が、休憩室中に響きわたる。

周囲のみんなが何事かと、ワタシたちの様子をうかがう。

「ちょ、ちょっと玻璃乃。それ、ワタシにダメージ……」

「あ、すまん。つい……」

申し訳なさそうに、玻璃乃が手をあわせる。

かくしている訳でもないし、社内のみんなが知っている事ではあるのだけれど、改めて言われると心がいたい。結婚してわずか一年で破局だなんて、恥ずかしいやら情けないやら。盛大に祝ってくれた我が部署のみんなには、いまでも申し訳なく思っている。

「僕、バツイチとか気にしないですよ」

「まだ言う？　ワタシが気にするよ」

「とりあえず今度、飯でも行きません？」

「いやぁ、左京寺くんはないかな。二股かけられて泣くのいやだし」

「ひどいなぁ。こう見えても一途《いちず》なのに」

「はいはい。アラサーのおばちゃんをからかわないでね。本気にしちゃうから」

人たらし……。左京寺くんを一言で評するなら、その言葉が一番しっくりくると玻璃乃が言っていた。クライアントとすぐに距離をちぢめられるし、先方からもすぐに気にいられる。気づかいもできるし、段どりもいい。営業が天職のような奴だと言っていた。

彼が入社して営業部に配属さるとすぐに、異例のはやさで新規営業に抜擢《ばってき》された。それ以来ずっと営業成績トップを独走する玻璃乃の下についている。二人が三年もの間トップの成績を維持している陰には、少なからず左京寺くんの功績があるのだそうだ。

そろそろ彼も、独り立ちして良い頃だと玻璃乃は言う。たしかに仕事はそつなくこなす。けれども、どこか危うい……。その危うさゆえ、独り立ちさせることができないのだとも言っていた。

気の強い上司と人懐っこい部下……外から見れば微笑ましい関係に見えても、内側にはさまざまな問題が横たわっているらしい。

◇

仕事をおえて家路をいそぎ、何とか明るいうちにマンションの前までたどり着いた。夏は日が長くて助かる。これで蒸すような暑ささえなければ、最高の季節だ。

暗い帰り道を独りでたどっていると、物悲しい気分になってしまう。そして部屋に着いても、その気分を引きずることになる。暗い部屋に帰るのは苦手だ。昼の長さなんて、長ければ長いほど嬉《うれ》しい。いっそ日本にも、白夜がやってこないだろうか……そんな馬鹿なことすら、真面目に願いたくなる。

マンションに入ろうとしたとき、ふとエントランス脇の喫茶店に目がとまった。建物の一階にある喫茶店で、一度くらいは寄ってみようと思いながら素通りするお店だ。

入口には『純喫茶スターヒル』と書かれた古びた看板が掲げられている。純喫茶って、普通の喫茶店とは違うのだろうか……そんなことを考えながら看板をながめていると、ガラス窓の向こうから手を振る男性の姿が目にはいった。

「萱代さん!?」

店内から無愛想な表情で手まねきをしているのは、どうやら萱代さんのようだ。入ってこいということだろうか。誘われるまま入口を開けると、ドアベルの音が響いた。

「いらっしゃいませ」

落ち着いたマスターの声とともに、珈琲《コーヒー》の香りをまとった涼やかな空気が迎えてくれた。夕刻とはいえ外はまだ暑い。家路を急いで上気した頭が冷えて、軽くなる気がした。

「こっち、こっち」

声の方を見やると、窓際のテーブル席で萱代さんが手をあげていた。

静かなクラッシックが流れる店内を見まわす。カウンター席とテーブル席が三つの、小ぢんまりとしたお店だ。ワタシたちの他にお客はいない。

「こんにちは。先日はどうも……」

挨拶しながら、萱代さんの向かいにすわる。

「もう大丈夫なの？」

彼が自らの鼻頭を指でさす。

「えぇ。少しぶつけただけですし……」

「今日は綺麗《きれい》な格好してるね。誰だか判《わか》らなかったよ」

綺麗な格好と言われて一瞬、何のことだか解らなかった。土曜日の格好とくらべると、という意味だろう。くたびれたキャラクターTシャツにジャージ姿とくらべれば、どんな格好だって小綺麗に見える。

それに仕事モードのメイクも決めて、ヘアセットだってバッチリだ。スッピンでボサボサ頭の土曜とくらべれば、だいぶマシに見えるはず……とは言うものの、誰だか判らないって程ではないだろう。もしかして、けっこう失礼なことを言われてないだろうか。

「なに飲む？」

「それじゃ、アイス珈琲を」

萱代さんが、マスターにオーダーを通してくれる。

「よく来るんですか？　このお店」

「そうだね。仕事の打ち合わせで使ったり、気分転換したいときとか。このマンションに住んでるんだから、宇久田さんもよく来るでしょ？」

「え、えぇ……」

初めて来たとは言いだせずに、つい話を合わせてしまう。

「いい店だと思わない？　こういう喫茶店は少なくなってきたし、貴重な存在だよね」

お店の中を見まわしていると、不意にテーブルに置かれたスマートフォンが震えだした。

「ちょっと失礼」そう言うと萱代さんは、スマホを手にとり電話にでた。

もれ聞こえてくる会話から察するに、どうやら仕事の電話のようだ。仕事してる男の人って、何だかカッコよく見える。萱代さんが電話する姿を、つい感心しながら見つめてしまう。この人も、口さえ悪くなければ素敵なんだけど。

「ごめん、急用。部屋にもどるね」

「あれ？　お仕事の電話じゃなかったんですか？」

「仕事だよ。うちの部屋、仕事場をかねてるから」

なるほど。仕事がらみで部屋に戻らなくてはならないらしい。

「ここ払っとくから、ゆっくりしていって」

マスターに手をあげたかと思うと、萱代さんはそのまま店の外へと駆けだしていった。

まさか今ので、支払いが終わったことになるのだろうか。

「チケットでいただいていますから、大丈夫ですよ」

ワタシの不安を察してか、マスターがそっと教えてくれた。そして壁一面にはられた無数の食券のようなつづりの中から、二枚の券を切りはなした。

「おや、ご存じないですか？　珈琲チケット」

不思議そうに見つめるワタシを見て、マスターが疑問の声をあげる。

恥ずかしながら、初めて耳にする名前だ。マスターによると、このお店では十杯分の代金で、十一枚一綴《ひとつづり》のチケットを買えるらしい。一枚で珈琲一杯が飲めるから、チケットなら一杯分お得という訳だ。

「昔ながらのお得意様へのサービスですよ。ずっとこうやって、常連さんのチケットを壁にはっています。今さらポイントカードというのも、シックリきませんしね」

なるほど。壁のチケットの数だけ、常連さんがいるということか。

「良かったら、カウンターにいらっしゃいませんか」

誘われるままカウンターへと移動する。背の高い椅子に座ると、目の前では氷の詰まった珈琲サーバーの上に布製のフィルタがセットされるところだった。

「注文のたびに淹《い》れてるんですか？」

アイス珈琲というと、作りおきが冷蔵庫で冷やされているイメージだ。まさかドリップするとは思わず驚いてしまう。

「やはり、淹れたての香りを楽しんでいただきたいですし」

はにかんだ笑みを浮かべながら、マスターが挽《ひ》きたての珈琲豆をフィルタへと移す。計量スプーン一杯が珈琲一杯分だと教えてくれた。フィルタの中には、たっぷりと二杯分の珈琲豆が入っている。氷で薄まる分、豆を増やして濃く抽出するのだそうだ。

ポットの細い口から、静かに湯が注がれる。粉のすべてに湯を染みわたらせて、そのまま静かに三〇秒の蒸らし。珈琲豆から立ちのぼる湯気がえも言われぬ香気をはらみ、そっと鼻腔《びこう》をくすぐっていく。

「いい匂い……」

思わずこぼれた言葉に、マスターが満足げにほほえんだ。

フィルタからサーバーへと、生まれたての珈琲の雫《しずく》がポタリと一滴、そして二滴と、氷の間をすべるように流れおちていく。いつしか水に薄まり氷の中で、その存在が判らなくなってしまった。

蒸らしを終えて再び湯が注がれると、珈琲豆の粉から豊かな泡がわきあがる。ポットの注ぎ口がフィルタの上で円をえがくたび、湯を受けた珈琲豆から止めどなく泡がわきたってくる。

いよいよ本格的にサーバーの中へ降り始めた珈琲の雫は、大量の氷で即座に冷やされ味と香りをその場にとどめる。珈琲の雫を受けていびつな形に溶けだした氷は、やがてバランスをうしなって涼やかな音をたててくずれた。

「おまたせしました」

差し出されたアイス珈琲は、銅のマグカップに注がれていた。冷えたカップの外側を無数の水滴がおおい、見た目にも涼をさそう。

「最初の一口は、どうぞそのまま。のちにお好みでシロップとクリームを」

こんなに丁寧に淹れられた珈琲は、どんな味がするのだろうか……胸を高鳴らせながらカップを手にとった。ひんやりとした手ざわりに、そして冷やされてなお匂う珈琲の香りに、否《いや》が応《おう》でも期待が高まってしまう。

カップに口をつけた瞬間、唇に伝わる冷たさに背筋が震えた。口の中へと滑り込んでくる、ひんやりとした珈琲の感触が心地よい。口の中一杯に苦みが広がる。いや、苦いだけじゃない。芳《こう》ばしくもある。そうだ、芳ばしい香りだ……香りの良さが、今まで飲んだどの珈琲とも圧倒的に違う。酩酊《めいてい》にも似た感覚を覚えながら珈琲を飲みくだすと、喉の奥を流れ落ちた後にスッキリとした酸味とかすかな甘みが残った。

言葉が出なかった。

代わりに、大きなため息がこぼれた。

息を吐くたびに、香りの残滓《ざんし》が鼻に抜けていく。

きっとワタシは感動している。珈琲を飲んで感動する日が来るだなんて、思ってもみなかった。こんなにも素晴らしい珈琲を淹れてくれたマスターに、この思いを伝えたい……そう思ったのだけれど、言葉なんて出てこなかった。

言い淀《よど》んで銅のカップから視線を上げると、マスターは人差し指を立ててワタシの言葉を制したあと、右手でそっとシロップとクリームを指ししめした。

◇

満ちたりた気分で部屋に戻り、スーツのままベッドに倒れこんだ。

あのアイス珈琲、マスターにいざなわれるままにシロップを加えると、また違った味わいを楽しむことができた。苦みがおさえられて、隠れていたフルーティーな香りが顔をだした。そしてクリームを加えると味の角が丸くなり、珈琲のコクとミルクのコクが合わさって飲みごたえのある風味へと変化した。

マスターの珈琲は、どうしてこんなに美味《おい》しいのか、思わず無粋《ぶすい》な質問をぶつけてしまった。「美味しくなるように、丁寧に淹れているだけですよ」と言って、マスターは照れた笑みを浮かべていた。

堪能《たんのう》したという感想は、たった一杯の珈琲を表すのにふさわしい表現なのだろうか。いや、堪能したのは珈琲だけじゃない。お店の雰囲気やマスターとの会話も含めて、あの店のすべてを堪能したのだ。

萱代さんのパスタといい、マスターの珈琲といい、ワタシの常識をやすやすとくつがえしてしまう。三十年ちかく生きてきたというのに、こんなに美味しいパスタや珈琲が存在することすら知らなかった。この味に出合わずに生きてきただなんて、何だか損をしていた気分だ。

萱代さんと言えば、マスターからいい話を聞くことができた。彼はパスタの中でもカルボナーラが好きで、あのお店でもよく食べるのだそうだ。

先日のパスタのお礼に、ワタシが何かご馳走《ちそう》する約束になっている。彼が好きなパスタを作ってあげれば、きっとワタシの料理の腕を認めてくれることだろう。

そうと決まれば、早速レシピを調べなくては。カルボナーラはたしか、クリームっぽいソースのパスタだったはずだ。

ベッドに寝そべったまま、スマートフォンで検索する。『カルボナーラ　レシピ』とキーワードを打つと、数え切れない数のレシピが表示された。

『牛乳で作る超☆濃厚カルボナーラ』

『カンタン！　牛乳と全卵濃厚カルボナーラ』

『プロが教えるカルボナーラ　生クリームでリッチな味わい』

『失敗しないカルボナーラ　隠し味は醬油《しょうゆ》でキマリ！』

『簡単ヘルシー　濃厚豆乳カルボナーラ』

『コンソメで旨《うま》みアップ！　極上カルボナーラ』

目についたサイトを次々と見ていくけれど、いろんなレシピがあって迷ってしまう。具材はどうやら、ベーコンやハムを使うらしい。オリーブオイルで炒《いた》めて、卵と牛乳をいれて茹《ゆ》でたスパゲッティとからめ、仕上げに黒コショウと粉チーズをふりかける……共通点はこんな感じだろうか。これだったら、ワタシにだって作れそうだ。

ベッドから飛びだして冷蔵庫をのぞく。朝食用に買い置きしているハムと卵がある。牛乳と粉チーズだって、ちゃんとある。調味料を確認してみれば、塩もオリーブオイルも大丈夫だ。たしか棚にスパゲッティもあったはずだ。なんだ、うちにある材料だけでできてしまうじゃないか。

早速明日、作ってあげることにしよう。明日の仕事帰りに、萱代さんの部屋へ夕食を作りに行くことにした。

◇

会社がえり、夕立にあってしまった。

折りたたみ傘を持っているはずがバッグを探っても見つからず、駅からマンションまでずぶ濡《ぬ》れになりながら駆けぬけた。四十度近い猛暑日が続いているせいだろうか。ここのところ帰宅の頃になると、決まって夕立にあう。

すぐに止《や》むのだから、どこかで時間をつぶしてやり過ごせば良いのだろうけど、今日に限ってはそうはいかない。萱代さんに夕食を作る約束をしているのだから。

昨夜、約束をとりつけるため萱代さんにメッセージを送ろうとして、連絡先を知らないことに気がついた。隣室なのだから直接たずねれば良いのだけれど、顔を合わせる勇気がわかず、ドアに書きおきを貼りつけることにした。

お昼休み、玻璃乃に夕食を作りに行くことを話すと、「夕食のついでに、アンタも食ってもらい」と下品な冗談を言っていた。「ついでじゃ嫌だ」と返すと「ツッコミ所、ソコやないやろ」とあきれていた。いまだに、ツッコミの何たるかを理解できずにいる。

今日もまたワタシたちの会話に割りこんできた左京寺くんは、「僕にも作ってくださいよ」とスマイルをふりまき、「今度、百合ちゃんの部屋に招待してください」とねだってワタシを困らせた。けれども左京寺くんをワタシの部屋に招くことなんて、絶対にないだろう。彼だからダメだという訳ではなく、あのちらかり放題の部屋には誰だって招くことはできないのだ。

ずぶ濡れになりながらマンションへ駆けこみ、水をしたたらせながら部屋へと帰りついた。昨日とりこんだ洗濯物の山からタオルを引っぱりだしていると、窓の外が明るくなっていることに気がついた。カーテンを開けてみれば、雨はやんで西の空が夕焼けに染まっている。ちなみに行方不明の折りたたみ傘は、バッグの奥底から発見された。

……だめだ。気を取り直そう。

夕立なんかに気勢をそがれている場合ではない。今からパスタを作りに行くのだから。

濡れたスーツを脱ぎすて、熱いシャワーをあびる。髪を乾かしていると、いつもの部屋着が目にはいった。ふたたびキャラTとジャージでお邪魔する訳にもいかず、着るものをさがす。たしか新しい部屋着を、どこかにしまっているはずだ。クローゼットや押入れを引っかき回したあげく、ベッド下の収納から新品の部屋着を見つけた。生成りのリネンのルームウェア。これだったらお隣にお邪魔しても恥ずかしくないだろう。

部屋着を捜して、だいぶ時間をロスしてしまった。このままでは、約束の時間に間に合わない。まだメイクもしていないというのに。

でも考えてみれば先日、徹夜明けのひどいスッピン顔を見られているのだ。いまさら気取っても仕方がないと思いなおして、メイクはあきらめて口紅だけひいて部屋をでた。

隣室のドアホンのボタンを押すと、しばらくして萱代さんが迎えてくれた。

「やぁ、本当に来たんだね」

「当然です。ご馳走するって言いましたよね」

「はは、そうだったね。まぁ、入って」

相変わらず整理のいきとどいた室内は、ワタシの部屋と対称の間どりなのにはるかに広い印象を受ける。ワタシの部屋も片付ければ、こんなに広くなるのだろうか。

「キッチン、お借りしますね」

「ご自由に。必要な物があったら言ってね」

食材を取りだして鍋を火にかけていると、カウンターの向こうで萱代さんがじっと見つめていた。

「観《み》られてるとやりにくいので、普段どおりくつろいでてください」

肩をすくめると、彼は奥の部屋のデスクへと退散していった。

「何を作ってくれるのかな」

ＰＣのモニタを見つめながら、萱代さんが言った。

「パスタですよ！　カルボナーラを作ります」

はりきって答えてみたのだけれど、萱代さんからの返答はなかった。でも、そんなことを気にしている場合ではない。パスタが茹で上がる前に、ソースを仕上げなければならないのだから。

オリーブオイルでハムを炒め、牛乳とコンソメを加える。茹で上がったパスタと卵を加えて弱火でかき混ぜ、火が通った頃合いで皿に盛る。そして仕上げに粉チーズと黒コショウを振りかけた。

萱代さんとワタシ、二人分のカルボナーラを仕上げた。簡単な料理だ。初めてにしては、上手にできたんじゃないかと思う。きちんとレシピ通りにできたはずだ。たくさんのレシピの中から良《い》いとこ取りしたのだ。これで美味しくないはずがない。

「できましたよ！」

ダイニングテーブルにはすでに、萱代さんの手によってランチョンマットが敷かれていた。パスタの皿をテーブルへと運び、席についた萱代さんの前へとサーブする。もうひと皿を向かいの席にサーブし、ワタシも席についた。

「さぁ、どうぞ。召し上がってください」

萱代さんがカルボナーラをしげしげと見つめ、そして香りをたしかめている。

「いただきます」

そう言って手を合わせると、パスタをフォークに巻きつけて口に運んだ。美味しいって言ってくれるだろうか……期待に固唾をのむ。

しかし一瞬だけ顔をしかめると、彼はそのままフォークを置いてしまった。

「どうかしました？」

その問いに、萱代さんは答えようとはしなかった。

「もしかして、美味しくなかったですか？」

「いや。美味しいとか、美味しくない以前に……」

そこまで言うと言葉をにごした。

「はっきり言ってください」

さすがのワタシでも察しはつく。きっと気にいらないのだ。

「辛辣な内容になってしまうけど、それでも言った方がいいの？」

「えぇ、言ってください」

辛辣という言葉にひるんでしまうけど、ここまできて引きさがる訳にはいかない。萱代さんは大きく息を吸い込んだかと思うと、長い時間をかけてため息をついた。そして、おもむろに口をひらく。

「この料理をカルボナーラと呼ぶのは、ローマ人に対する冒瀆《ぼうとく》だね」

冒瀆？ いま冒瀆って言った？

予想を超える強い言葉に、理解が追いつかなくなってしまう。

「カルボナーラは、グアンチャーレと卵、ペコリーノ・ロマーノで作るシンプルなパスタなんだよね」

フォークに突き刺した薄切りのハムを眼前にかかげ、萱代さんがしげしげとながめる。

「グアンチャーレ……ですか」

耳なれない名前に、思わず聞きかえす。

「豚のホホ肉の塩漬けだよ。スーパーあたりじゃ見かけないから、パンチェッタやベーコンで代用するのは仕方ないのかもしれない。でもハムは違う。せめて熱を加えることで、脂がでる部位を使わないと」

「パンチェッタ……ですか」

またもや、聞いたこともない名前だ。

「豚のバラ肉を、塩漬けにして干したものだよ」

ホホ肉ほどではないにせよ、バラ肉も脂の多い部位なのだと教えてくれた。

「同様に、ペコリーノ・ロマーノがなければ他のチーズで代用するのは仕方がない。だけどせめて、ちゃんとしたチーズを摺《す》りおろした方がいい。できあいの粉チーズでは風味なんてあったもんじゃないし、仕上げにまぶすだけじゃ量がたりていない。しっかりとした量を、ソースに混ぜこまないと」

チーズの種類なんて、考えたことすらなかった。パスタには粉チーズをかければ良いのだと、ずっとそう思っていた。仕上げに振りかけるだけじゃダメなの⁇

「それから、牛乳はいらない。コンソメもだ」

「だって、使った方が美味《おい》しくなるってネットで……」

「カルボナーラは、卵と脂のコクが主役のパスタなんだ。卵を固まりにくくするために牛乳や生クリームを使うのだろうけど、どうしても卵や脂の風味を薄めてしまう。顆粒《かりゅう》のコンソメに至っては、雑味でしかないよ」

牛乳が味を薄める？　顆粒のコンソメは雑味⁉

ここにきて、ついに理解を超えてしまった。

「あとオイルを使うなら、オリーブオイルじゃなくて動物性のオイルがいいね。ラードを使うか、なければバターとか。本来ならグアンチャーレから脂を出して作るから、オイルなんていらないんだけどね」

まさかのオイルへのダメ出し……。

ワタシがネットで探してきたレシピは、みんなベーコンやハムを使ってたし、牛乳や生クリームを卵に混ぜてたし、粉チーズやオリーブオイルを使っていた。カルボナーラと検索して出てきた沢山のレシピは、一体何だったのだろう。カルボナーラとは似て非なるものなのだろうか？

「でも、これが本来のカルボナーラと違うんだとしても……その、美味しければ……それはそれで……良いんじゃないかって言うか……」

「食べてごらん」

言われて自分の皿に目をむける。スパゲッティの間に炒《い》り卵《たまご》のように固まった卵がまとわりついている。すっかり冷めてしまったパスタをフォークに巻いて口にはこんだ。

「不味《まず》い……」

予想外の味に、情けなくて涙がこぼれてしまった。冷めてしまったことを差し引いても、お世辞にも美味しいとは言えない。

「味がない……。レシピ通りに作ったのに……何で……」

最初に口に広がったのは、焦げたニンニクの風味。続いて黒コショウの香り。それ以外に味はなかった。いや、正確にいえば卵やチーズの風味がある。ボソボソとした卵の舌触りだってある。だけど大切な何かが、決定的にたりない……。何だろう、この気のぬけた味は。何がたりないというのだろうか……。

「塩だよ」

ワタシの疑問に答えるように、萱代さんが言った。

そうか、塩だ。塩味《しおあじ》が決定的にたりていないのだ。

「グアンチャーレとペコリーノの塩気で味を決めるパスタだからね。意外と塩加減がむずかしいんだ。ハムじゃ塩がたりないし、チーズは量がたりてない。それから、パスタを茹《ゆ》でるときは、一リットルに対して一五グラムの塩を……」

「ごめんなさい！」

萱代さんの言葉をさえぎるように叫んだ。

こんな不味いパスタを食べさせて得意ヅラしようとしていただなんて……情けなくて、恥ずかしくて涙がこぼれてしまった。気がつけば、いたたまれなくなってその場から逃げだしていた。

廊下を駆けぬけ、エレベーターを待つ時間がもどかしくて非常階段を駆けおりた。少しでも萱代さんの部屋から離れたくて必死で走った。

エントランスを抜け、マンションの外へと駆けだす。日はとうに暮れ、すっかり夜の帳《とばり》がおりていた。いまだ雨にぬれる通りを、会社がえりの人たちが行きかっている。行くあてもなくどうしたものかと考えているところに、不意に声をかけられた。

「どうされました？　あわてたご様子で」

声の主は、外看板をしまおうとしている、スターヒルのマスターだった。

◇

閉店時間を過ぎているというのに、マスターは店内にむかえてくれた。カウンターの一番奥の席で涙をながすワタシを、理由を問うでもなくそのまま泣かせてくれた。

どれくらいの時間がすぎただろうか。泣き終わる頃あいを見はからって差しだされたのは、甘い香りをただよわせる温かいココアだった。カップをつつむようにそっと手にとると、じんわりと温かさが伝わってきた。

「美味しい……」

一口のんで、思わず言葉がこぼれた。

マスターが淹《い》れてくれたココアはビックリするくらい甘かったけど、今はその甘さが心地よかった。そして鼻孔をくすぐるのは、芳《こう》ばしいカカオと優しい牛乳の香り……この店に来ると、香りに感動してしまう。

「ありがとうマスター。もう大丈夫です」

そう言ったワタシに、微笑《ほほえ》みで応えてくれた。

「よろしければ伺いますよ」

マスターの好意に甘え、萱代さんの部屋でのできごとを話した。要領を得ないワタシの話を、マスターは何度もうなずきながら最後まで聞いてくれた。

「カルボナーラとはまた、難しいものをお選びに」

「難しいんですか？」

「レシピ自体はシンプルですけれど、シンプルがゆえに少しのズレが大きく味を左右してしまう……カルボナーラやペペロンチーノのようなシンプルな料理ほど、経験がないと難しいものですよ」

「経験……ですか」

「美味しく作ろうと思えば、数を作って慣れるしかないですね」

たいして料理もできないワタシが、どうしてそんな料理を作れると思ってしまったのだろうか。レシピを検索していた時、すこしコツを知っていれば、とんでもなく美味しく作ることができるかのように錯覚してしまった。きっとそんな近道なんてなかったのだ。

「あーあ、失敗しちゃったな。どうすれば萱代さんに認めてもらえるんだろう。ワタシだって、ちゃんとお料理できるはずなのに……」

ため息とともにまたもや悲しさがわきあがり、思わずうつむいてしまう。

ワタシの様子を見守っていたマスターが、おもむろにつぶやく。

「認めてもらう必要なんて、あるのでしょうか」

その声に顔を上げてみれば、珍しくマスターがきびしい表情をうかべていた。

「認めてもらうとおっしゃいますが、そのような目的で料理をする時点で、すでに心がまえとして間違っているように思いますが」

　いままでにない強い調子に、恐る恐る聞きかえす。

「ど、どういう意味でしょうか」

「おっと、これは差し出がましいことを」

　マスターが照れた笑みをこぼす。

「いいんです。教えてください。心がまえ……ですか？」

「誰かのために料理を作るのであれば、その料理はやはり食べていただく方のためのものだと思いますよ。どうすれば食べる方が美味しいと喜んでくださるのか……それだけに心を砕くべきではないでしょうか」

「だからワタシ、萱代さんのために……」

「認めてもらうのは、誰のためでしょう。なぜあなたの力の証明に、萱代さまが付きあわねばならないのでしょうか」

　思わず息をのんだ。

　どうしてこんなことが解《わか》らなかったのだろうか。

　そうだ、ずっと自分のことしか考えていなかったのだ。ペペロンチーノをご馳走《ちそう》になった日からずっと、料理ができないように見られるのが嫌で、ワタシだって料理くらいできるんだって証明したくて、美味しい料理が作れるって認めてもらいたくて、そのことばかりに必死になっていた。

どうしてワタシは、こんなにも料理ができると思われたいのだろうか……。

いや、理由なんて判《わか》っている。必死で料理を作り続けていた頃のことが脳裏をよぎった。

頭を強くふって、記憶を追いはらう。そう、原因が判っているだけに、納得したくない。

あの頃のことがいまだに尾を引いているだなんて、絶対に認めたくはない。

「ワタシ、萱代さんに謝ってきます」

席をたって、マスターに頭をさげる。

「仲なおりできるといいですね」

そう言ってマスターは、ワタシを見おくってくれた。

仲なおりなのだろうか。決して喧嘩《けんか》をした訳じゃない。いや、喧嘩にすらなっていない。

完全にワタシのひとり相撲だ。勝手に押しかけて、勝手に不味い料理を作って、勝手に傷ついて部屋を飛びだしただけなのだから。

◇

エレベーターを降りて廊下を歩いていると、腕を組んで壁にもたれる萱代さんの姿が目に入った。しかも彼の部屋の前ではなく、ワタシの部屋の前でたたずんでいる。

「萱代さん？」

声をかけると、驚いたようにワタシを見やる。

「よかった。帰ってきた」

胸をおさえながら、安堵《あんど》の表情を浮かべた。

「もしかして、ずっと待ってたんですか？」

「いきなり飛びだして行くから……」

頼まれもしないのに押しかけて、料理が上手《うま》くできなければショックを受けて飛びだして……。こんなにも気を使わせてしまって、申し訳ない気持ちでいっぱいだ。

「色々と申し訳ありませんでした」

深々と頭をさげる。

こんなにも心配してくれていただなんて。怒っているんじゃないかと思っていたのに。

「立ち話も何だし、うちに来ない？」

誘われるがままに、ふたたび萱代さんの部屋へとお邪魔する。ダイニングテーブルにはワタシが出ていったときのまま、二枚の皿がセットされていた。部屋を出たときと違うのは、両方ともパスタが空になっていることだ。

「どうしたんですか？　パスタ……」

「いただいたよ。せっかく作ってくれたんだし」

驚きに目を見はる。あんなに不味いパスタを、二人分もたいらげてしまっただなんて！

「美味《おい》しく……なかったでしょ？」

発した言葉はふるえていた。

涙が頬をぬらしていることに気づいたときにはもう、嗚咽《おえつ》は止まらなくなっていた。

急に泣きだすものだから、萱代さんがあわてている。彼には迷惑をかけてばかりだ。泣き止《や》まないワタシに、ダイニングの椅子をすすめてくれた。そして自分はテーブルを片付け、洗い物をして……泣いている間、ワタシをそっと放っておいてくれた。

どうしてワタシは泣いているのだろうか。ワタシの作ったパスタを食べてくれて嬉《うれ》しいから？　不味いパスタしかご馳走《ちそう》できなくて情けないから？　無理して食べてくれて申し訳ないから？　きっとその全部だ。今日のできごとを……いや、この部屋でペペロンチーノをご馳走になってからのできごとを次々と思い出してしまい、涙がとまらない。

「お腹《なか》すいてない？」

洗い物を終えた萱代さんが、いまだ泣き止まないワタシに訊《き》いた。

パスタを一口しか食べていないのだ。お腹なんてペコペコに決まっている。「すいてます」と答えるより先に、お腹がなってしまった。しかもかなり大きな音で……。

悲しくたって、泣いていたって、お腹はすくのだ。ワタシは意外とたくましい。

お腹の音を聞いて、萱代さんが苦笑している。ワタシも思わず噴きだしてしまった。

鼻をすすり、泣き笑いのまま彼につたえる。

「カルボナーラが……食べたいです」

彼は笑いをこらえながらうなずくと、ワタシのためにカルボナーラを作ってくれた。カウンターごしにのぞき見る彼の手ぎわは見事なもので、無駄のない動きは美しいとすら感じた。美しいだなんて表現すると、詩的すぎるだろうか。けれども詩的に表現したくなるほど、段どりや手ぎわにムダがないのだ。

「さぁ、召し上がれ《ボナペティート》」

そっと差しだされた皿には、なめらかなクリーム色のソースをまとったスパゲッティが盛られ、美味しそうな湯気をたてている。挽《ひ》きたての黒コショウの香りが食欲をそそり、またもやワタシの腹の虫は盛大な音をたててしまった。

「いただきます」

鼻声で手をあわせると、涙をふきながらカルボナーラをフォークに巻いた。スパゲッティに絡みつくソースの艶《つや》やかさが目にしみる。

初めて本物のカルボナーラを食べるのだ。グアンチャーレってどんな味がするんだろうとか、ペコリーノってどんな味がするんだろうと興味はつきないのだけれど、一口食べた瞬間そんなことはどうでもよくなってしまった。

食材が渾然一体《こんぜんいったい》となったソースの味はどこまでも濃厚で、なめらかな舌ざわりとスパゲッティの官能的な歯ごたえのハーモニーには感動すらおぼえてしまう。この見事な調和の中では、きっと牛乳やコンソメなんて本当に邪魔な存在でしかないのだろう。

夢中でむさぼるように食べた。フォークに巻きつく限界までスパゲッティを巻いて、大きな口をあけて頬ばった。口の中が幸福で満たされていく。

気がつけば、萱代さんが向かいの席に座り、ワタシが食べる様子を見つめていた。

「な、何か付いてます？」

自分で言っておいて、噴き出しそうになった。涙を流しながら、鼻をすすりながらパスタを頬ばっているのだ。何か付いているどころの騒ぎではない。

「いや、美味しそうに食べてくれると思ってね。作り甲斐《がい》があるよ」

自分がどんな顔をして食べているかなんて、考えたこともなかった……。

でも、萱代さんの言うことは、痛いほど解る。自分が作った料理を美味しそうに食べてくれる人がいるのなら、その表情を間近で見つめることができるのなら、こんなに嬉しいことはない。それはワタシがいくら求めても、得られなかった喜びなのだから。

「あの……。ワタシ、旦那が居たんです」

おどろいた表情で、萱代さんが口を開けている。

無理もない、話が唐突すぎる。

「聞いてもらっても良いですか？」

恐る恐る尋ねると、いぶかしげな表情を浮かべながらも萱代さんがうなずいてくれた。大きくひとつ深呼吸をしてから、ワタシはゆっくりと話しはじめる。

「結婚してからずっと共働きだったんですけど、旦那は家事は女の仕事って考えの人で……。だからワタシ、毎日、必死にご飯を作ってたんです。でもね、旦那は美味しいなんて、一回も言ってくれなかったな。それどころか味には文句をつけられるし、すぐに醤《しょう》油《ゆ》やソースをかけまくるし……。あの頃は、ご飯を作るのが苦痛でしかなかったんです」

料理を作って当然、掃除して当然、洗濯して当然……。自分は何もしないくせに、ワタシが少しでも家事をおこたると、ネチネチと責めたてられた。いま思い返しても胃がいたくなりそうだ。

他人だった二人が一緒に暮らすのだから、価値観が違っても仕方ないと思った。だからせめて一年は我慢しようと思った。その間に、少しくらいはすり合わせられると思っていた。それなりに……いや、かなり努力したつもりだ。けれども無理だった。

「旦那と別れた時に思ったんです。料理なんて二度とするもんかって。今でも料理なんて、朝ごはんに卵を焼くくらい……。それ以外は、コンビニのお弁当とか、スーパーのお惣菜《そうざい》で済ましているんです。でもね、萱代さんが作ってくれたペペロンチーノを食べたとき、料理ってこんなに美味しく作ることができるんだって驚いてしまって……。こんなに美味しく作れるのなら、自分でも作ってみたいって思ってしまって……」

結婚前、料理は得意ではなかったけど、けっして嫌いではなかったはずだ。結婚してから料理が苦痛になってしまった。萱代さんのパスタに感動して、結婚前の自分にもどれるんじゃないか……きっとワタシは、そんな風に思ってしまったのだ。

「どうして作ったこともないパスタを、美味しく作れると思ってしまったんでしょうね。でも、そんな勘違いをさせてしまうほどの力が、萱代さんのパスタにはあったんです。このカルボナーラだって、とっても美味しい……こんな美味しいパスタがあるだなんて、いままで知らなかったな。自分でも美味しく作れるんじゃないかって、また勘違いしてしまいそうです……」

やはりワタシには無理だったのだ。美味しい料理を作るだなんて。

勇んで作ってはみたものの、散々な結果に終わってしまった。

「作れるよ」

萱代さんの言葉に、耳をうたがう。

「いま、何て言いました？」

「作れるって言ってるの。ちゃんと美味しく作れるから」

「作れますか？　ワタシに……」

聞きちがいかと思った。彼がそんな言葉をかけてくれるだなんて。

「旨《うま》いものを旨いと感じる感性さえあれば、料理なんていくらでも上手になる」

「そういうもの……ですか？」

「後はきちんと、丁寧に作るだけだよ」

「そうですか……。美味しく作れますか……」

ワタシでも美味しく作れると言われて、何だか嬉しくなってしまう。

それならば、ワタシでも美味しく作れるのならば、もう一度だけ挑戦してみたい。もう一度だけ、料理が楽しかった頃にもどってみたい。

「萱代さん、お願いがあるんですけど……」

嬉しくなると調子に乗ってしまうのは、ワタシの悪い癖だ。自覚はしている。だけどこればっかりは、どうしようもない。ムリを承知で、不躾《ぶしつけ》なお願いをぶつけてみる。

「料理を教えてもらえないでしょうか」

「俺が？」

「えぇ、萱代さんが……」

「宇久田さんに料理を？」

「えぇ、ワタシに料理を……」

鳩《はと》が豆鉄砲を食ったような顔というのは、いまの萱代さんの表情のことを言うのだろう。目をしばたたかせ、小首をかしげている。

「もしかして、この部屋が料理教室？」

「そうですね。うちの部屋はいろいろと無理なんで、この部屋で……」

「和気あいあいと、二人で夕食とか作る感じ？」

「あー、良《い》いですねぇ。週末はアニメ観《み》たり忙しいから、平日に通いますよ」

「へぇ、楽しそうだ」

「楽しいですよ、きっと！」

彼がにこやかな笑みをこぼす。ワタシも釣られて、楽しい気分になってしまう。

そして笑みを浮かべたままで、萱代さんはきっぱりと言いきった。

「だが断る」

「ナニッ!!」

思わずのけぞってしまった。完全にオッケーの流れだったのに！

萱代さんの表情から笑みが消え、一気にまくし立てる。

「さっきから聞いてりゃ、自分の都合ばっかり。俺に何のメリットもないじゃないか」

「ありますよ。この部屋に通って、夕食を作ってあげるって言ってるんですよ？」

「俺が教えるんだから、俺が作るようなものだろ」

「女の子の手料理が食べられるんですよ？　そりゃ、女の子って呼べるような歳《とし》じゃないですけど……」

言ってしまって、思わず口ごもる。自分で歳のことを言って自滅してしまった。いや、そもそも論点は歳の話なんかじゃない。

あきれたように、萱代さんがため息をつく。

そしてゆっくりとした調子で話しはじめる。

「前にも言ったけどさ、味に関しては妥協することができないから。俺が教えるときびしくなってしまうよ。耐えられないでしょ、そんなの。また料理が嫌いになってしまう」

言われてみれば、たしかにそのとおりだ。美味しく作れなかっただけでもショックを受けるワタシが、アレコレと指摘されて落ちこまない訳がない。

「それでも……スパルタ式でも……こんなに美味しい料理を作れるようになるのなら……少しくらいの我慢は……むぅ……」

「やめときなって。自分のペースで、ゆっくり楽しんだ方がいい」

「そう……ですかね」

また萱代さんに、いらぬ迷惑をかけるところだった。自分の浅はかな考えに落ちこみ、肩を落としてしまう。

「その代わり……」

何ごとかと思い、上目づかいに表情をうかがう。

「いつでもうちに来てくれていいよ。飯くらいはご馳走する」

「本当に!?」

思わず両手《もろて》をあげて喜んだ。

「気持ちいいほど美味《おい》しそうに食べてくれるから、作り甲斐があるしね。たまには他人のために作らないと腕がなまる」

「いいんですか？　本当に」

苦笑しながら、萱代さんがうなずく。

「料理を教えたりはしないけど、俺が作るところを見て勝手に憶《おぼ》える分には、厳しいことを言わないようにするよ」

ワタシが小おどりせんがばかりに喜んだことは、言うまでもないだろう。

どれくらいの時間がかかるのかわからないけど、いつの日か萱代さんにワタシのパスタを「美味しい」と言ってもらえる日を夢みて、もう一度料理に挑戦してみようと思う。

作れるだろうか……そんなパスタを。萱代さんは「作れる」と言ってくれた。まずはその言葉を信じてみようと思う。

あとで教わったのだけれど萱代さんが作ってくれたパスタは、正確には『スパゲッティ・アッラ・カルボナーラ』という名前で、『炭焼職人風スパゲッティ』って意味らしい。荒く挽いた黒コショウを、炭の粉に見立てているのだそうだ。

職人という言葉を聞いて、何だか萱代さんにピッタリの言葉だと思った。魔法のように美味しいパスタを生み出す萱代さんは、炭焼き職人ならぬパスタ職人《パスタイオ》だ。

そして職人気質《かたぎ》の萱代さんに無理やり弟子入りすることにしたワタシは、押しかけ女房ならぬ押しかけ徒弟《とてい》なのだ。

冗談のつもりで彼のことを『師匠』と呼んでみたのだけれど、これが意外としっくりときた。萱代さんは「そんな呼び方するな」と嫌がっていたけれど、嫌がりようがあまりに面白いから、たまにイタズラ心を発揮して『師匠』と呼んでみようかと思っている。

第二幕　ふたつのアマトリチャーナ

萱代《かやしろ》さんの部屋の五十五インチのテレビの中で、芸人たちに交じってあのイタリアンシェフが毒舌を振りまいている。最初は情報番組やバラエティーの料理コーナーで見かける程度だったのだけれど、あっという間に人気に火がついてしまい、いまやテレビで見かけない日はないほどの大人気っぷりだ。

名前は雷火《らいか》……そう、萬有《ばんゆう》・ザ・雷火というのが彼の名前だ。

実は雷火さま、最近のワタシの推しなのだ。イケオジ好きのワタシとしては、もう見のがすことができない。雷火なんて名前、さすがに芸名だとは思うけど仰々しいというか何というか……厨二病《ちゅうにびょう》が入ったすごい名前だ。でもそんな名前つけちゃうところが、たまらなく良いのだ！

「ほら、雷火でてますよ。雷火！」

テレビを指差しながら振りかえると、萱代さんが不機嫌そうな表情でランチョンマットを敷いていた。

「はいはい、テレビ消してね。もう食事の準備できるから」

「師匠もパスタ作るんだし、イタリアンのシェフに興味あるでしょ？」

「シェフ？　タレントだろ、あんなの……」

刺すような眼光に切れ味するどい毒舌、そして時おり見せる甘いスマイル……こういうのをギャップ萌《も》えと言うのだろうか。世のおばさまたちばかりでなく若い子たちまで、多くの女性が彼の虜《とりこ》になっている。

稀代《きたい》の天才料理人とは雷火さまを称賛する言葉で、もちろん彼のお店『リストランテ雷火』だって連日満員御礼《おんれい》の大盛況だ。いま一番予約が取れないイタリア料理店と言われ、もてはやされている。

「それから、師匠って呼ぶな」

「はーい。解《わか》りました、師匠！」

左京寺《さきょうじ》くんを真似《まね》てふざけてみたのだけれど萱代さんの反応はイマイチで、玻璃乃《はりの》のように突っかかってきたりせず淡々と食事の準備を進めている。

「いい加減にテレビ消して」

おふざけも大概にしないと、そろそろ本気で怒られてしまいそうだ。勝手に弟子入してはや三ヶ月……おふざけの限度も、だんだんと見きわめられるようになってきた。最初の頃は、ふざけすぎて怒られたものだが……。だって、照れくさいじゃないか、二人っきりなのだから。ふざけでもしていないと間がもたない。

テレビを消して、ダイニングテーブルの席につくと、またもやキッチンから萱代さんの声が飛んできた。

「で、解ったの？」

「うぐっ！　わ、解んないです……」

「真面目に考えようよ」

あきれ顔で、萱代さんがパスタの皿をはこんでくる。トマトソースの刺激的な香りに、お腹《なか》がなってしまいそうだ。

「イタリア料理などという料理は存在しない……そんなこと言われたって、意味が解んないですよ。だって存在してるじゃないですか、イタリア料理」

実はこの三ヶ月、萱代さんはまるで料理を教えてくれていない。でもそれは、最初に約束した通りにふるまっているだけのことだ。つまり「料理は教えないけど作るところを見て勝手に憶える分にはうるさいことは言わない」という約束を忠実に守っているのだ。

でもそれでは、ワタシが満足できなくなってしまった。彼が料理するところを見ていても手際がよすぎて、何が起こっているのか理解できていなかったりする。コツというか、勘所というか、きちんと教えてほしいのだ。

会社帰りにこの部屋へ押しかけたのが、一時間ほど前だっただろうか。萱代さんが秋ナスで揚げびたしを作ろうとしているところへ、「パスタが食べたいです！」と無理やりリクエストをねじ込んだ。

ちなみに師匠は、和食の腕だってなかなかのものだ。煮物、揚げ物、何でもござれ。でも気どった料理よりも、切り干し大根を炊いた物とか、ヒジキを炊いた物とか、そんなお惣菜《そうざい》のような料理が特に美味しい。あの美味しさをどう表現すれば良いのか。心の琴線にふれるというか、郷愁《きょうしゅう》をさそうというか……とにかく胸に染みる美味しさなのだ。

いきなりパスタへの変更を請われて困り顔の萱代さんは、しばらくナスを見つめて思案にくれていたけれど、やがておもむろにつぶやいた。

「ノルマにするか……」

「何です？　ノルマって」

「シチリア島の、カターニアって街の郷土料理だよ。ナスとトマトソースとリコッタ・サラータというチーズを使うんだ。パスタはマッケローニにするか……。マッケローニ・アッラ・ノルマ、つまりノルマ風マッケローニだな」

単なるトマトソースのパスタでも、萱代さんの手にかかればすごく美味しいのだ。そこにナスとチーズが加われば……想像しただけで、ヨダレがでてしまいそうだ。

「きっと美味しいんでしょうねぇ。そのノルマとやらは」

「旨《うま》いよ。ナスもトマトも、同じナス科の植物だし相性がいい。それに、名前の由来からして期待ができる」

「名前って、ノルマ風……ってやつですか？」

「あぁ。一九世紀のカターニアの作家ニーノ・マルトーリオがこのパスタを食べて、『これぞまさしくノルマだ！』と叫んだことに由来しているんだ。ちなみに『ノルマ』はカターニアの作曲家ヴィンチェンツォ・ベッリーニの代表作で、この傑作オペラにあやかって当時のカターニアでは素晴らしいものは『ノルマ』と呼び讃《たた》えていたそうだ」

萱代さんの蘊蓄《うんちく》、今日も絶好調だ。

そんな話をしているうちにもナスは乱切りと輪切りに切り分けられ、油を張った鍋が火にかけられていた。やがて油のはねる軽快な音がキッチンから響いてくる。

「でもどうしたの？　いきなりパスタが食べたいだなんて」

「その、もっとちゃんと教えてほしくて……」

「え？　何だって？」

ひときわ大きな声で、キッチンから萱代さんの声が返ってきた。きっと油のはねる音で、ワタシの声が聞こえないのだ。

「もっとちゃんと、パスタを教えてください！」

思わず叫んでしまった。

三ヶ月前に食べさせてもらった、ペペロンチーノやカルボナーラ。あんなに人を感動させるパスタをワタシも作ってみたい……その思いは変わっていない。もっとちゃんと教えてもらって、ちゃんと美味しいパスタを作りたいのだ。

けれども萱代さんは、それっきり黙り込んでしまった。いたたまれなくなって、テレビをつけて間をもたせることにした。

萱代さんがふたたび口を開いたのは、トマトとニンニクの刺激的な香りがキッチンから漂いはじめた頃だった。

「イタリア料理なんて存在しない」

「え、何です？」

唐突に放たれた言葉を、うまく聞きとれなかった。

「イタリア料理なんて存在しないと言われている。どういう意味か説明できる？」

いまや世界中にイタリア料理のお店があって、世界中でイタリア料理が振るまわれている。それなのに「イタリア料理など存在しない」なんて言われたって意味が解らない。

「これが説明できるのなら教えるよ」

冗談を言っているのかと思ったのだけれど、萱代さんの表情は真剣だ。茶化すこともできず、かと言って正解も解らず、「考えてみます」と言ってふたたびテレビに視線を戻した。バラエティー番組に雷火が出てきて、萱代さんから「テレビを消せ」と怒られたのはその直後のことだ。

「さぁ、召し上がれ《ボナペティート》」

ダイニングテーブルにサーブされたのは、幸せを詰めこんだ一皿だった。

コッテリとしたトマトの朱に染まるマッケローニ。酸味のきいたトマトの香りとじっくりと引き出されたニンニクの香り……これはもう最強タッグだ。そこに加わった、揚げナスの芳《こう》ばしい香り……。間違いない！　これ、絶対に美味《おい》しいヤツ！

食べる前からもう、自分の頬がゆるんでいるのが判《わか》る。

口に含んだ瞬間、トマトのほのかな酸味が口中にひろがった。オリーブオイルとニンニクの香りが鼻にぬける。噛《か》みしめるごとに、マッケローニのムッチリとした官能的な歯ごたえの虜になっていく。

ナスが芳ばしく、トロリと溶けだすように甘い。乱切りの揚げナスはソースに混ぜ込まれ、輪切りの揚げナスはパスタの上に飾られている。二つのナスのコントラストが愉快で、そして萱代さんが言っていたとおりトマトとの相性が抜群に良《い》い。そして何よりもたっぷりトッピングされたリコッタ・サラータが、パスタとソースの味わいを何倍にもふくらませていた。

「どう？　美味しいでしょ」

「師匠、ノルマですよ！　ノルマ!!」

マッケローニをフォークに刺すことすらもどかしい。行儀悪く皿ごと持ち上げて、口の中へかき込みたいほどの美味しさだ。……と言うか、実際にかき込んだ。あまりのもどかしさに皿ごと持ち上げて。テーブルの向かいでは萱代さんが、あきれ顔で苦笑している。でも気にしない。ワタシは美味しいものを、思いっきり頬ばりたいのだ！

あっという間にパスタを食べ尽くしてしまい、皿をおいて手をあわせる。

「ごちそうさまでした」

あっけにとられて萱代さんが見つめていた。

「いつも美味しそうにたいらげてくれて嬉《うれ》しいよ」

そう言いながらも、引きつった笑みを浮かべている。

お行儀が悪くって申し訳ないとは思っている。けれども、萱代さんのパスタが美味しすぎるから悪いのだ。仕方がないことだと思って許してほしい。

「で、どうなの？　さっきの問題。説明できそう？」

エスプレッソマシンでミルクを泡立てながら、萱代さんが訊《き》いた。

「解んないですよ。いまご馳走《ちそう》になったのだってイタリア料理でしょ？」

「そうなんだけどね。ま、解らないなら宿題だな」

「そんなぁ……」

パスタを教えてほしいと頼んで、まさかこんな禅問答がまってているだなんて思ってもみなかった。教えてほしいと頼んでるんだから、素直に教えてくれればいいのに。どうしてこんなにも頑《かたく》なのか……。萱代さんって絶対、顔は良いけどモテないタイプだ。その証拠に週に何度かこの部屋にかよっているけど、女性の影を感じたことはない。

「萱代さん、最近は生活にハリがあって楽しいでしょ？」

「どうして？　いつも通りだけど？」

スチームのバルブを閉めながら、興味のなさそうな声がかえってきた。

「こうやってワタシが来てるじゃないですか！　通い妻みたいで刺激的でしょ？」

短くため息をついたかと思うと、泡だてたミルクをエスプレッソに注ぎはじめる。

「通い妻って普通、通ってきてアレコレ世話を焼いてくれるんじゃないの？　どっちかって言うと、俺が世話してるよね」

「お、お世話されに来てあげてるんですよ……」

「それに俺、彼女とか嫁さんとか要らないから」

「え、どうしてですか⁉」

「独りの方が気が楽だからね。他人の人生まで背負いこむなんてゴメンだね」

そう言いながら差し出されたカップには、見事なリーフのラテアートが描かれていた。

「何だか、さみしい考え方ですね……」

モテ要素のない言動に加えて、モテたいとも思わないだなんて。師匠って何と言うかもう、絶望的じゃないか。

「ほっといてくれ。価値観なんて、人それぞれだろ」

さみしい考え方と言ってはみたものの、離婚経験のあるワタシとしては萱代さんの言うことが解《わか》らなくもない。あんなにあこがれていた結婚生活だって、振りかえってみればつらい思い出しかないのだから。そして離婚して身軽になったいま、独りの方が気楽だと感じている自分だっている。

とは言うものの、この先ずっと独りが良いのかと問われれば、そんなさみしい人生はごめんだと答えるだろう。だから次に一緒になる人は、失敗しないようにきちんと見きわめたいと思ってしまう。

「きっと萱代さんに必要なのは、嫁じゃなくて弟子なんですよ！　だからパスタ教えてください！」

「問題に答えられたらね」

融通のきかない男ってのは、どうなんだろう。萱代さんみたいな人はあまり女性ウケしそうにないけど、中には頑固者が良いっていう物好きだっているのかもしれない。

萱代さんが淹《い》れてくれたカフェラテに口をつける。苦いエスプレッソとほんのりと甘みを引き出されたミルクのコントラスト……相変わらず美味しい。

「師匠、ノルマです！　良いバリスタになれますよ！」

彼にむかって親ゆびをたてる。

萱代さんは「師匠って呼ぶな」と言って苦笑していた。

◇

お昼休みというものは、どうしてこんなにも早く終わってしまうのだろうか。午後の始業時間に間にあうように、休憩室をあとにする。


最近はお昼ごはんに、お弁当を持参するようにしている。もちろん、自分で作ったお弁当だ。とは言うものの、ご飯を炊いてスーパーのお惣菜を詰めこんだだけの手ぬき弁当なのだけれど。それでも以前はインスタント麺や菓子パンで済ませていたことを考えれば、飛躍的な進歩ではないかと思う。

玻璃乃と左京寺くんは今日も内勤だったから、一緒にお昼を食べることができた。三ヶ月前に萱代さんの話をしてから、玻璃乃は事あるごとに「隣のイケメンさんとはもうヤッたんか？」とセクハラオヤジみたいなことを訊いてくるし、左京寺くんは「怪しいお隣さんよりも、僕と遊んでくださいよ」とすり寄ってくる。

お弁当のおかずの中で、唯一自分で作った卵焼きを頬ばっているとき、ふと『左京寺くん×萱代さん』というカップリングを思いついてしまいそっと玻璃乃に耳うちした。玻璃乃は「会《お》うたことないから、何とも言われへんけど」と前おきした上で、「萱代×左京寺の方がエエんとちがうか？」と言って下世話な笑いを浮かべた。

下剋上《げこくじょう》が好きなワタシとしてはその辺りを熱く小声で語ってみたのだけれど、結局は「リアルのカップリングで妄想を始めたらもう末期」と自分たちをいましめて話は終わった。妄想なんてものは、二次元の世界にとどめておいた方が健全だ。

休憩室を出てエレベーター待ちをしていると、左京寺くんが駆け寄ってきた。

「百合《ゆり》ちゃん！」

到着したエレベーターに乗り込もうとしていたワタシを呼び止める。さきに営業部へ帰ったはずなのに、どうかしたのだろうか。

「週末にドライブ行かない？　奥多摩《おくたま》の方、紅葉が綺麗《きれい》だって」

「ド、ドライブ!?」

突然の申し出に、思わず戸惑ってしまう。完全インドア派のワタシを外に連れだそうだなんて、なかなかのチャレンジャーだ。

「先約でもある？」

「いや、そういうのはないんだけど……」

もちろん先約なんてない。ワタシの生活は、他人との約束なんかで縛られたりしない。

だって部屋では、推しアニメが待っているのだから！

「だったらいいじゃん。行こうよ！　温泉もあるみたいだし！」

「温泉ねぇ……」

「美味しいランチもご馳走しちゃう！」

「ランチかぁ……」

「迷う要素ある？　リクエストあれば聞くけど」

ないのだ、迷う要素なんて。だから困っている。

こうやってドライブに誘われていること自体、けっこう嬉しい。ワタシだってまだ捨てたもんじゃない、そんな自信を取りもどさせてくれる。紅葉は今ひとつピンとこないけど、温泉に入ってゆっくりするのは素敵な気がするし、もちろん美味しいランチも魅力的だ。

「玻璃乃もさそって三人とかじゃ……ダメかな？」

失礼な提案だとはわかっている。彼はきっと、ワタシと二人きりで出かけたいのだ。

「残念でした。姐《あね》さんは週末も出勤だから無理なんだよね。じつは僕も出勤日なんだけど、たまには週末に休めって姐さんが……」

「そんな貴重なお休みに、ワタシなんか誘ってて大丈夫？」

「大丈夫も何も、僕は百合ちゃんとドライブに行きたいの！」

押しに弱いのは昔からのこと。こんなにストレートに求められては断るに断れず、押し切られてしまいそうだ。気が乗らないだけで、断る理由がないのだからなおのことだ。

「と、とりあえず、考えさせてくれないかな」

「良いけど、返事はイエスしか受けつけないよ」

「何それ。考える意味ないじゃない」

思わず噴きだしてしまう。

真《ま》っ直《す》ぐで良い子なのだ、左京寺くんは。一緒にドライブに行ったとしたら、あれやこれやと世話を焼いてくれる彼の姿が目に浮かぶようだ。けれども彼の真っ直ぐな気づかいは、いまのワタシにはまぶしすぎる。気をつかわれることになれていないから、きっと居心地の悪い思いをするはずだ。

違うな。これも言い訳か……。

けっきょくワタシは、どうして彼を受け入れることができないのか自分でも解らずにいるのだ。歳下《としした》の彼氏ってのも悪い気はしない。気づかいのできる彼氏だなんて、最高じゃないか。歳下の彼氏がワンコみたいにすり寄ってきたら、きっと可愛《かわい》くてマフマフとなで回してしまうことだろう。

甘えられたいんじゃなくて、甘えたいのだろうか……歳下とは言うものの、左京寺くんはワタシよりもしっかりしている。なにしろ、あの玻璃乃のバディーが務まるのだから。ワタシをちゃん付けで呼ぶくらいだから、もしかしたらワタシを甘えさせたいと考えているのかもしれない……。

「どうかした？」

不思議そうな表情で、左京寺くんがのぞきこんでいた。

「ううん、何でもないの。じゃ、考えとくから」

「いい返事、期待してます！」

そう言うと彼は、左京寺スマイルをふりまきながら階段を駆けのぼっていった。

◇

また日が落ちるのが早くなった。

少し前まで明るいうちに帰り着いていたのに、今じゃもうマンションに着くころには真っ暗だ。暗い家路をたどるのは、気が滅入《めい》ってしまう。けれども誰もいない部屋に帰りたくないとき、いまは萱代さんの部屋にお邪魔することができる。師匠の部屋を避難場所のように使って申し訳ないとは思うのだけれど、ワタシにだって独りでいたくない日くらいあるのだ。

エントランス脇のスターヒルの看板が目に入る。マスターは、元気にしているだろうか。長らくスターヒルに行っていないことを思いだす。寄ってみようかと思ったけれど、そのままで看板の前を素通りしてエントランスへ足を踏みいれた。

萱代さんと約束はしていないのだけれど、今日も寄っていこうかと思っている。まだ「イタリア料理なんて存在しない」という言葉の意味を説明することはできないけれど、もしかしたらヒントくらいは教えてもらえるかもしれない。

エレベーターを降りると、薄暗い廊下は冷たい空気で満ちていた。日が落ちたとたん、寒さが襲ってくるようになった。暗いのも苦手だけど、寒いのはもっと苦手だ。

約束もなしに訪ねていったら、萱代さんは迷惑そうな顔をするだろうか。きっと迷惑だと言いながらも、暖かな部屋へ迎え入れてくれるだろう。そして「来るなら事前に言っといてくれ」と文句を言いながらも、ありあわせの材料で魔法のように美味《おい》しい料理を作ってくれるはずだ。

想像していたら、何だか楽しくなってきた。萱代さんの部屋に向けて歩きだす。

彼の部屋が見えてきたとき、突如として入口のドアが開けはなたれた。萱代さんが部屋を出てくるのだと思って、声をかけようと立ちどまった。けれども部屋から出てきたのは彼ではなかった。

萱代さんの部屋から出てきたのは、黒髪の女性だった。

「また来るね。お仕事がんばって」

そう言って女性は、部屋の中に向かって笑顔で手をふった。そしてドアを閉めると、長い髪をなびかせながら大股で歩きはじめた。ヒールの音が廊下にひびく。こちらに向かって、まっすぐに歩いてくる。その場に固まったまま、思わずうつむいてしまう。すれ違う瞬間、盗み見るようにして視線をあげた。

すごい美人だった。

コッテリとした紅《あか》い口紅に、けぶるようなまつ毛。一七〇センチはあろうかという長身に、パンツスーツがよく似合っている。歩きさった後に、甘い残り香が匂った。

一瞬だけ目があった。いぶかしげな表情で、立ちつくすワタシを見おろしていた。何だか自分が見すぼらしく感じられてしまい、彼女がエレベーターに乗り込むまでその場を動くことができなかった。

「なんだ、彼女いるじゃん……」

嫁なんて要らないとか、独りの方が気楽だとか言いながら、あんな美人と付きあっていただなんて……まったく、だまされた気分だ。

早く部屋に行って冷やかしてやらなきゃ、そう思って萱代さんの部屋の前にたつ。けれども、ドアホンを押すことができなかった。顔を見たらすぐに「あんな美人と付きあってるだなんて、師匠も隅におけないですね！」と言って、肘で脇腹をつついてやろうと思っているのに、どうしても萱代さんの部屋を訪ねることができなかった。

帰ろう……。自分の部屋に……。

自分の部屋までの距離が、とてつもなく遠く感じた。バッグから部屋の鍵を探りだして、鍵穴にさしこもうとした。けれども巧《うま》くささらなかった。そうしている間に鍵をおとしてしまい、拾おうとしてしゃがんだ瞬間にため息がこぼれた。

ノロノロと鍵をあけ、暗い部屋へはいる。手さぐりで壁のスイッチをさがして明かりをつけると、無機質なLEDの光がちらかった部屋を照らしだした。荷物をよけながらベッドの脇までたどり着くと、そのまま勢いよく突っぷした。

「師匠のバカ……」

萱代さんに美人の恋人がいただなんて、喜ばしい話じゃないか。あんなに頑固で理屈っぽくて薀蓄《うんちく》ばかりたれてる師匠に彼女がいただなんて。嫁なんて要らないとか、独りの方が気楽だとか言いながら彼女がいただなんて……。

もしかしてワタシ、怒ってるんだろうか。女性に興味ないフリしながら、あんな美人と付きあってたことに。

いや、違うな。この気持ちは、寂しさ？　悔しさ？

考えても無駄な気がして思考を放棄しようとしたとき、バッグの中でスマートフォンが震えた。メッセージの着信に気づくだなんて、ワタシにしては珍しい。スマホを探りだしてみれば、送り主は左京寺くんだった。

「週末のドライブ、考えてくれた？」

メッセージとともに、釜飯の写真が添えられていた。

「釜飯が美味しいお店あるってよ！」

さらにメッセージが飛びこんでくる。ご飯で釣るとは、なかなかワタシを解《わか》っている。

返信するかどうか迷った。

こんな不安定な状態で左京寺くんに優しい言葉なんてかけられたら、きっと簡単に彼へ転んでしまうだろう。今のワタシはそれほどまでに安定感を失っている。こんな状態で返事をするのは、彼への誠実さを欠いているように感じられた。

しかしこのタイミングの良さには、運命めいたものを感じてしまう。人の縁はタイミングが作ると思っている。こんな時にタイミングよくメッセージを送ってくる左京寺くんとは、なにがしかの縁で結ばれているのかもしれない。そう思うとメッセージを無視することは、何か大切なものを逃してしまうことのように感じられた。

「ちゃんと考えてるから、もう少し待ってね」

悩んだ末に返信したメッセージがこれなのだから、我ながら情けない。

そんな優柔不断を見透かすかのように、彼からの呼び出しでスマートフォンが震えだした。あわてたワタシは思わず、緑色の通話アイコンをタップしてしまった。

「百合ちゃん、大丈夫？」

心配そうな彼の声が、耳に飛びこんでくる。

開口一番、大丈夫かときいた。どうしてワタシ、心配されているんだろう。心配されるような言動なんて、なかったはずだ。

「だ、大丈夫だけど……どうして？」

「何となくね。胸騒ぎっていうか。メッセも何だか変だったし」

「……変⁉ 変だった？」

「いつもと違ったからさ。だから何かあったのかなって」

たった一つの返信だけで、そんなことが読み取れるものだろうか……。

考えてみれば、そもそも着信に気づいている時点でいつものワタシとは違うし、既読がつくタイミングや返信までの時間とか読み取る要素はあるにはある。でもそれにしたって、たったそれだけで……。

「電話してよかった。落ちこんでるでしょ、百合ちゃん」

「そ、そんなことないし！」

そんなことまで見透かされて、うろたえてしまう。

そうか、ワタシ落ち込んでたのか。

「何かあった？　僕でよければ話きくから」

いつもなら軽薄に感じてしまう左京寺くんの言葉が、今日はやけに胸にしみる。ワタシの相手なんかしてないで、もっと若くて可愛《かわい》い娘《こ》の相手をしてあげればいいのに……いつもだったらそう思うところだけれど、今日はワタシを見ていてくれることで、こんなにも細やかにワタシのことを気づかってくれることで、満ちたりた気分になってしまう。

「どうしてそんなに、優しくしてくれるの？」

「聞くまでもないでしょ。好きだからだよ」

ストレートすぎる感情表現。

こんなにも素直に思いを伝えられる左京寺くんを、うらやましく思う。

「好意は嬉《うれ》しいけど、自分の気持ちが解らないよ……」

「あせらなくてもいいんじゃないかな」

「そうなの？」

「どうせ最後には、僕のこと好きになるんだし」

思わず噴き出してしまった。すごい自信。ほんとうらやましい。

少しだけ気分が晴れた気がする。左京寺くんのおかげだ。

「ノルマだよ、左京寺くん……」

ありがとうと伝えるのが照れくさくて、憶《おぼ》えたばかりの言葉を使ってしまった。

「ノルマ？」

「素晴らしいって意味」

不思議そうな左京寺くんに、カターニアでは素晴らしいものを『ノルマ』と言って讃《たた》えていたことを教えてあげた。

「へぇ、よくそんなこと知ってるね」

「受け売りだけどね」

ふと萱代さんを思って胸がいたんだ。この話を教えてくれたのは、彼なのだから。

「週末のドライブなんだけどさ……」

そこまで言って言葉が止まった。続けて「ワタシなんかで良ければ連れて行って」と言おうと思っていたのに、それ以上言葉がでてこなかった。

「もしかして、行く気になった？」

すっかり見透かされている。

「……うん。よろしくね」

左京寺くんの喜びようは相当なもので、ご一緒するのがワタシなんかで申し訳なくなってしまう。でもワタシと出かけることを、彼はこんなにも喜んでくれているのだ。これでいい。きっとこれで正解なんだ……自分に言いきかせた。

◇

朝から秋晴れのいいお天気だ。

絶好のドライブ日和《びより》。お天気がいいと、気分も上がる。

最近じゃお出かけなんて面倒としか思わないけど、珍しく心を浮き立たせながら服を選んでメイクをキメた。

奥多摩にヒールは似合わない気がしたので、カジュアルにまとめる。ハイウエストのサスペンダーパンツにボーダーシャツを合わせて、なんちゃって森ガール一丁あがり。ロングフレアなシルエットが誤魔化してくれるだろう……不摂生ゆえのアレやコレやを。そして足元はコンバースのハイカット。山歩きだってドンと来いだ！

マンションを出たところ、つまりスターヒルの前で待ちあわせ。張りきって約束の十分前にマンションを出た。けれども左京寺くんの丸っこくて可愛《かわい》らしい車は、すでに路上駐車場に停《と》まっていた。ワタシの姿に気づくと、真っ赤な車から彼が駆けよってくる。

「早いね。百合ちゃん」

「左京寺くんの方が早いじゃん。張り切りすぎだよ」

「そりゃ張り切りますって！　百合ちゃんとデートなんだし」

デートと言われて、思わず胸がなった。改めて言われると、何だか恥ずかしい。

「さぁ、乗って乗って」

車の脇までワタシをエスコートした左京寺くんが、助手席のドアを開けてくれる。こんな風に女の子みたいにあつかってもらうの、何年ぶりだろう。まだ顔を合わせたばかりなのに、胸の高なりが止まらなくなってしまう。

「それじゃ、行きますか」

運転席に乗り込んで、左京寺くんがハンドルを握る。

「道も混んでないみたいだし、きっと二時間くらいで着くよ」

なめらかに走り出した車は、奥多摩を目指して西へと向かう。

左京寺くんの可愛い車は『フィアット５００《チンクエチェント》』という名前らしい。車に興味がないワタシは何となく聞きながしていたのだけれど、ルパン三世が映画『カリオストロの城』で乗っていた車だと聞くとがぜん興味がわいてしまった。

「でも、ルパンが乗ってたのとちょっと違うよね」

「映画に出てたのは前の型かな。『GREEN vs RED』って作品には、この型も出てるみたいだけど」

「へぇ、知らなかった。左京寺くん、アニメ詳しかったっけ？」

「たまたま知ってただけ……かな」

あの玻璃乃をして、人たらしと言わしめる左京寺くんなのだ。たまたまな訳がない。ワタシのアニメ好きを知って、共通の話題になりそうなことを調べてきたのだろう。

けれども、ワタシのことを単なるアニメ好きとしか認識していないのであれば詰めが甘い。ここで『次元《じげん》×ルパン』とか『五右衛門《ごえもん》×ルパン』みたいなカップリングを持ちだしてくれば大したものだ。でも、そんなことは起こるはずがない。会社ではそういうところ、必死に隠してるのだから。ちなみに常にルパンがウケなのは、ワタシが下剋上《げこくじょう》好きだから仕方がないことだ。

「宮崎《みやざき》アニメだっけ？『カリオストロの城』も」

「そうだよ。宮崎駿《はやお》の初監督作品だよ。スタジオジブリ設立前の作品」

「百合ちゃん、さすがに詳しいね。ジブリってさ、食べ物の描写もすごいよね」

「ジブリ飯ね。『カリオストロの城』でも美味《おい》しそうなの出てくるよ。ミートボールがゴロゴロ入ったスパゲッティ。次元とルパンが奪いあって食べるの」

そこまで言って、萱代さんから聞いた蘊蓄がよみがえってきた。あのミートボールのパスタは、イタリアのサルデーニャ島の料理が元になっているって話、たしか萱代さんから教えてもらった話だ。牧羊が盛んだから、サルデーニャでは羊肉でミートボールを作るだとか、イタリア語で肉団子のことをポルペッティと呼ぶのだとか、ルマコーニっていうカタツムリの殻みたいな形のパスタを合わせるのだとか……。

「どうかした？」

不意に黙り込んでしまったワタシを心配して、気づかってくれる。

「ううん。ちょっと疲れただけ。はしゃぎ過ぎたかな？」

車はいつしか練馬《ねりま》を超えて、西東京《にしとうきょう》市に入っていた。いま西へと走っている新青梅《しんおうめ》街道は、東京の一大ベッドタウンを真っすぐに横断している……左京寺くんが、そんな話を聞かせてくれた。

「このあたりは武蔵野《むさしの》っていって、平安時代は見渡す限りの萱原《かやはら》だったんだって」

「萱原？」

「ススキ野原のこと。月の名所だったらしいよ」

そうか、萱ってススキのことだったのか……。

窓の外を見やれば、郊外の街並みが広がっている。都心よりものどかな印象を受けるけど、やっぱり都会の風景だ。萱原だった頃の風景を想像してみたのだけれど、ビルに囲まれた幹線道路からはうまくイメージすることができなかった。


気がつけば、車は山道を走っていた。

川沿いのなだらかな上り坂を行く風景からは、もう武蔵野のような街の匂いはしない。

山の中へと分けいるかのように、曲がりくねった道が続いている。

と言うか、いつの間に山道に入ったんだろう。

「お目覚め？」

「え？　もしかして……寝てた!?」

「そりゃもう、ぐっすりと」

まさかの熟睡!? 早起きがたたったか。

「ごめんね。運転してもらってるのに」

「大丈夫だよ。可愛い寝顔も見られたし」

そう言って彼は、悪戯《いたずら》っぽく笑った。

寝顔を見られてしまうとは何たる不覚。だらしなく口をあけたりしてなかっただろうか。涎《よだれ》をたらしていないか、思わず口元をぬぐってたしかめる。

「もうすぐ着くよ。ちょっと早いけどお昼にしよう」

断続的に集落を抜けるけれど、基本的には木々に囲まれた道だ。時おり視界がひらけると、黄や紅に染まる山肌が遠くに見えた。

対向二車線の山道はやがて一車線になり、小さな集落へと入っていく。目的の釜飯屋さんは、民家の間にひっそりと隠れるようにあった。人気店だと聞いていたから並ぶのかと思いきや、時間が早いせいかすぐに席へと案内された。

左京寺くんは鶏ゴボウの釜飯を、ワタシはキノコの釜飯を注文した。民家を改装した畳敷きの店内は、素朴な雰囲気をかもして実家を思いおこさせる。日本家屋って、何だか落ち着くから好きだ。

一五分ほどで運ばれてきたお膳は、釜飯の他にも野菜がたくさん入った水炊きやコンニャクのお刺身が付いていてボリューム満点だ。しっかりとダシの染みたご飯はふっくらとした炊きあがりで、キノコやゴマの香りと相まって箸がとまらない美味しさだった。陶器のお釜の底には醤油《しょうゆ》のおこげができていて、芳《こう》ばしい香りがさらに食欲をそそる。半分ずつシェアしようかと左京寺くんは考えていたみたいだけど、あまりにワタシが美味しそうに頬ばるものだから、声をかけられずにいたらしい。そんなの構わずに言ってくれれば良かったのに……鶏ゴボウの釜飯も食べてみたかった。

お腹《なか》がふくれて幸せな気分になり、奥多摩湖まで紅葉を見に行こうとか、わさび園に寄ってみようかとか、帰りには足湯につかりにいこうかなんて、午後の予定を語り合っているときに、その電話はかかってきた。

左京寺くんのスマートフォンが、テーブルの上で震えて着信をつげる。発信元を確認した彼が、驚きの表情を浮かべていた。

「取引先だ。何だろ……」

つぶやいて和やかな雰囲気のまま電話に出たのだけれど、会話を重ねるごとに彼の表情が険しくなっていく。言葉すくなに応対する左京寺くん。何を言っているのかは判《わか》らないけど、スマホの向こうから怒気をはらんだ男性の声がもれ聞こえてきた。

電話を切った後、彼はしばらく考え込んでいた。声をかけるのもはばかられたのだけれど、おそるおそる訊《き》いてみる。

「大丈夫？」

「大丈夫って言いたいけど……ごめん、帰らなきゃ」

申し訳なさそうな表情で席を立ち、会計をすませて店をでた。半分払うと申しでたのだけれど「いいから」と余裕のない声で断られてしまった。

車にもどるとワタシを助手席にすわらせて、左京寺くんは車外で何件か電話をかけた。最初に電話をした相手は、どうやら玻璃乃のようだった。断片的に漏れ聞こえてくる会話をから察するに、どうやら取引先からクレームを受けて対応におわれているようだった。

運転席に乗り込んできた彼は、シートベルトを締めると大きくため息をついた。

「失敗したな……」

そう言って、悲しそうに笑った。

「やっぱり帰らなきゃ。ごめんね……本当に」

「ううん、いいよ。それより大丈夫？　クレームなんでしょ？」

「玻璃乃さんもフォローしてくれるし、何とかなると思う。とにかく早く帰って、お客さんに謝らないと」

ハンドルをにぎる彼の表情は相変わらず険しい。元気づけてあげたいと思ったのだけれど、どんな言葉をかけたところでむなしく響いてしまいそうで何も言えなかった。

帰りの道すがら、左京寺くんが事のあらましを教えてくれた。彼が開拓した新規の取引先での納品トラブルだったこと。初回の発注を受けて商流部にデータを流したけれども、初めての納品先で確認事項があり保留がかかっていたこと。行き違いがあり保留が解除されていなかったこと。その結果、納品日である今日、取引先に商品が届いていないこと。

「でもそれって、左京寺くんのせいじゃないよね」

「発注に不備があったのはたしかだし、それに僕の確認不足だよ。初めての取引先だから、もっと慎重に進めるべきだった……」

「商流部のミスなのに、左京寺くんが謝んなきゃならないのおかしくない？」

「お客さんと約束をしたのは僕だからね。約束を守れなかったんだから、約束した僕が謝るのは当然だよ。うちからの納品まちで、先方の仕事も止まってるんだから」

やる瀬のなさに、彼の声が震えていた。

◇

ただでさえ憂鬱《ゆううつ》な月曜日を、今日はいつにもまして憂鬱に感じた。

土曜日のドライブは、納品トラブルで中断になった。いつもスマイルを振りまいている左京寺くんの、あんなに辛《つら》そうな顔を見るのは初めてのことだった。

何度もワタシに詫《わ》びていた。仕事のことなんだから仕方がないって思ってるし彼にもそう伝えたのだけれど、それでも左京寺くんは詫びつづけていた。

ワタシを送ってくれた後、彼は取引先に謝りに行くと言っていた。先方のお怒りは、うまく解けたのだろうか。納品ミスは解決したのだろうか。

左京寺くんや玻璃乃にメッセージで訊いてみようかとも思ったのだけれど、余計なお世話のように感じられて訊くことができなかった。心の隅っこに棘《とげ》が刺さったような気持ちで、悶々《もんもん》とした週末をすごした。

お昼休みになり、休憩室のテーブルでお弁当を広げていると、いつものようにコンビニの袋をさげた玻璃乃が向かいにすわった。ただ今日の玻璃乃は、どこか表情がかたい。

「百合子、土曜は左京寺と一緒やったんやろ？」

レジ袋から菓子パンとレモンティーのペットボトルを出しながら玻璃乃が訊いた。

「うん。納品トラブルで大変だったんだって？」

「せやねん。でもまぁ、それはエエねん。解決しとるから」

「他にも何かあるの？」

「左京寺どこに居《お》るか知らへんか？」

「……え？」

日曜から音信不通で、今日も出社していないらしい。

土曜の夕方、玻璃乃は左京寺くんと二人で取引先に謝罪にいった。その時点でまだ納品物がそろいきっておらず、その後も他の営業マンから融通してもらったり、二人で倉庫や仕入先を駆け回って何とか納品を終えたのだそうだ。

翌日の日曜日、気落ちしてないかと心配した玻璃乃が連絡をしたけども、左京寺くんからの返事がないらしい。

「電話しても出よらへんし、メッセージも未読のままやねん」

忌々しそうに、玻璃乃が菓子パンをかみちぎる。

「心配だね……」

「打たれ弱いねん。入社してからずっと、失敗らしい失敗しとらへんからな。せやけど、こんなもん失敗のうちに入らへんわ。こんなんで凹《へこ》んどったら、やっていかれへんで」

誰もが玻璃乃と同じような図太さを持てる訳ではない……なんてことを言おうと思ったのだけれどやめておいた。冗談を言えるような雰囲気ではない。

「左京寺から連絡あったら教えてや。頼んどくで」

それだけ言うと残りの菓子パンをペットボトルのレモンティーで流しこんで、玻璃乃は慌ただしく休憩室をでていった。

偶然と言うべきか必然と言うべきか、左京寺くんを見つけたのはその日の夕方のことだった。会社がえりのマンションの前に、見おぼえのある車が停《と》まっていた。左京寺くんの真っ赤なフィアット500《チンクェチェント》だ。思わず駆けよって車内をのぞきこむ。

居る。両腕をハンドルの上に重ねて、突っ伏している。顔は見えないけど間違いない、左京寺くんだ。助手席の窓をノックすると、あわてて顔をあげてこちらを見やる。ひどい顔をしている。疲れきった表情は、いつも笑顔を振りまいている左京寺くんとは別人のようだ。おりてきてと、身ぶりで伝える。

彼は素直に車をおり、力なくワタシのそばまで歩みよってきた。

「ごめん。気づいたらここに来てた」

元気づけてあげたいけど、苦しそうな表情を見ていたら言葉に詰まってしまった。

「……玻璃乃が心配してたよ」

辛《かろ》うじて絞り出した言葉に、うなだれたままで彼がうなずく。

違うだろ、そんなことを言いたいんじゃない。もっと左京寺くんを元気づけることを言ってあげたいのだけれど、何を言えば良いのかまるで解《わか》らなかった。

こんなところで長々と立ち話する訳にもいかないし、ワタシの部屋にきてもらおうかと思った。けれども、あわてて考えなおす。あり得ない。あの散らかった部屋に左京寺くんを迎えるだなんて……。

どうしたものかと悩んでいると、背後から不意に声をかけられた。

「あれ。宇久田《うくた》さん？」

驚いて振りかえると、萱代さんが手をふっていた。

「師匠！　何やってるんですか！」

「何って、珈琲《コーヒー》のみに行くとこだけど」

「あぁ、スターヒル……」

チラリと年季の入った看板を見やる。

「君の方こそ、こんな所で何してんの？」

「ワタシは……えっと……」

どう答えたものか、困ってしまう。思わず左京寺くんに助けを求めた。左京寺くんは萱代さんに挨拶すると、相談事があってワタシのところへ訪ねてきたのだと説明した。

「宇久田さんに相談ねぇ……」

いつものことながら、妙にトゲのある言い方をする。萱代さんはワタシたち二人を見比べながら、しばらく何ごとか思案していた。

「時間あるんだろ。珈琲でも飲もうよ」

珍しく強引な萱代さんに押しこまれるようにして、スターヒルへと入った。

マスターに珈琲を頼んで、四人がけのテーブル席に陣どる。奥の席に萱代さんが、入口側の席に左京寺くんとワタシがすわり世間話に興じる。珈琲の香りがただよいはじめ、程なくしてテーブルに三杯の珈琲が供された。

「いいお店ですね。珈琲も美味《おい》しい……」

カップ片手に、左京寺くんが店内を見まわす。

「料理も美味しいから、贔屓《ひいき》にしてあげて」

「簡単なものしかできませんけどね」

話を聞いていたマスターが、微笑《ほほえ》みとともに言葉を添えた。

「料理といえば萱代さん、玄人跣《くろうとはだし》の腕前だと聞いてますよ」

「ずいぶん持ち上げるね」

「いえ、そんなつもりでは……」

微笑みをたたえながら、左京寺くんが会話に興じている。しかしいくら気丈にふるまっていても、いつもの左京寺スマイルに比べるとやはり精彩を欠いてみえる。

「無理に笑わなくていいよ。左京寺くん」

「え……」

萱代さんの言葉に、左京寺くんが絶句する。

「つらいときは誤魔化さずに、きちんと落ちこんだ方がいい」

唐突に放たれた気づかいのない言葉に、萱代さんをにらみつける。

それなのに萱代さんは、何ごともなかったかのように飄々《ひょうひょう》として珈琲をすすっている。

「無理してるように……見えますか」

「見えるね」

「……まいったな。普段どおりに振るまってるつもりなのに」

左京寺くんの顔から笑みが消え、車の中で見せた疲れ切った表情がうかんだ。いつもの左京寺くんを知っているだけに、いたたまれなくなってしまう。

「クレームはもう解決したんでしょ？　それなのに、どうしてそんなに苦しんでるの？　吐き出せば楽になるかもしれないしさ。ワタシで良かったら聞くよ？」

左京寺くんはうつむいて黙ったままだった。やがてため息をつくと顔を上げ、困ったようにワタシを見つめた。

「お邪魔なら席を外すけど？」

そう言って腰を上げようとした萱代さんを、左京寺くんが引きとめる。

「よろしければ、どうか一緒に……」

土曜日のできごとをかいつまんで萱代さんに説明した彼は、苦しそうに言葉を続けた。

「お客さんにも先輩にも同僚にまで迷惑をかけて、会社の中でどう振るまえばいいのか解らなくなってしまいました。僕の存在価値って何なのかと思ってしまって」

「存在価値ねぇ……」

腕を組んで話を聞いていた萱代さんが、おもむろに口を開く。

「人はすべて平等に価値がない、って言ったのはハートマン軍曹だったかな？」

「か、萱代さん！」

これ以上余計なことを言わないように、彼のつま先をけって合図する。

「知らない？『フルメタル・ジャケット』って映画。キューブリック監督の」

まるで通じていない。もしかして、あえてとぼけているのか!?

左京寺くんは乾いた笑いで応えると、静かに話を続けた。

「たしかに僕がいる価値なんて、ないのかなって思ってしまいますね。営業部の先輩ってすごい人ばかりで……。今回のクレームだって、ほとんど玻璃乃さんが解決してくれたし。僕は玻璃乃さんの指示に従って、対応に追われるばかりで……。僕なんて居ない方が巧《うま》く回るんじゃないかって、そんな風に思ってしまって……」

「居ないほうがマシだって思うんなら、居る必要ないんじゃないの？」

「ちょと萱代さん！」

無神経な物言いに、思わず彼の脛《すね》を蹴っとばす。

「いて！　何するんだよ」

「もうちょっと、デリカシーってものをですねぇ……」

「君からデリカシーなんて言葉が出てくるとは、夢にも思わなかったよ」

反射的に彼をにらみつける。けれども脛をなでながら、明後日《あさって》の方向を向いていた。やがてワタシの怒りをかわすかのようにして、萱代さんが席をたつ。

「ところで左京寺くん、お腹《なか》すいてない？」

「……はぁ、それなりには」

急に腹具合をたずねられ、左京寺くんがあっけにとられている。

「パスタでも作ろうか」

「何でパスタなんですか！　今はそれどころじゃ……」

「食べないの？」

「え、あ……食べます」

萱代さんの作るパスタを食べないなんて選択肢が、ワタシにあるはずがない。何を思っていきなりパスタを作るなんて言いだしたのかしらないけど、作ってくれるのならありがたくいただくまでだ。

「マスター、厨房《ちゅうぼう》かりるね」

「どうぞ、どうぞ」

常連のワガママに、マスターが微笑みでこたえる。

「食材あるかな。ローマ三大パスタが作れたら良《い》いんだけど……」

三大パスタなどというパワーワードに、期待は高まるばかりだ。

「もちろんありますよ。基本的な食材ですし」

「さすがはマスター」

手を洗い腕まくりをした萱代さんが、マスターに親ゆびを立ててみせる。

奥の調理場の大きな寸胴で、萱代さんは人数分のスパゲッティを茹《ゆ》ではじめた。そのかたわらでニンニクをつぶし、タマネギを刻んで二つのフライパンを使ってソースを作る。

脂の焼けるいい香りが漂ってくる。片方のフライパンには、トマトソースが入った。これが、ローマ三大パスタなのだろうか。パスタの茹で汁を加えフライパンのソースを仕上げる横で、チーズを摺りおろし始める。いつもながら段取りが手なれている。器用なものだと感心するばかりだ。

湯を沸かす時間をのぞけば、一〇分くらいしか経《た》っていないのではないだろうか。あっという間に四人分のパスタができあがってしまった。

「さぁ、召し上がれ《ボナペティート》」

一人に二枚、パスタの皿が供される。一方の皿にはトマトソースが絡んだスパゲッティが、もう一方の皿にはオイルが絡んだスパゲッティが盛られていた。

「萱代さん、これって……」

「まずは味わって。二つの皿の違いを聞かせてほしいな」

釈然《しゃくぜん》としない思いを抱えながら、まずはトマトソースのパスタを口へとはこぶ。

「え!?　このトマトソース美味しい！　コクがすごい！」

何だろうこの舌の上に残る甘みとコクは。コッテリと濃厚な食べごたえなのに、トマトの酸味で後味はさわやかだ。

左京寺くんが驚きの表情でワタシを見やる。

「百合ちゃん、オイルパスタの方も食べてみて。脂の旨《うま》みがガツンとくるよ！」

左京寺くんにすすめられ、オイルが絡んだスパゲッティを頬ばる。これまた濃厚な食べ応えで、甘やかなオイルの風味が口いっぱいに広がった。この香りには憶《おぼ》えがある。何度も食べている、あの食材の香りだ。

「オリーブオイルでもバターでもないですよね。何だろう、動物の脂？」

ワインでもテイスティングするかのように、左京寺くんが少しずつパスタを口に運び、味の成りたちを探ろうとしている。

「いい舌をしてる。グアンチャーレから出た脂だよ。グアンチャーレってのは豚のホホ肉の塩漬けで、大理石の桶《おけ》の中で何ヶ月も熟成させて作るんだ。それからチーズは、ペコリーノ・ロマーノを使っている。山羊《やぎ》の乳から作ったチーズだね」

憶えがあるのも当然のこと。グアンチャーレもペコリーノ・ロマーノも、あの感動のカルボナーラで使っていた食材だ。

「萱代さん、そろそろ教えてくださいよ。これ何ていう料理なんですか？」

最初に食べた、トマトソースの皿を指さして尋ねる。

「ローマ三大パスタの一つ、アマトリチャーナさ。今回はスパゲッティと合わせたから、正確にはスパゲッティ・アッラ・アマトリチャーナ。アマトリーチェ風スパゲッティって意味だね」

「アマトリーチェ……って？」

「街の名前だよ。ローマの北東約一〇〇キロにある山間《やまあい》の街だ。このソースはね、ローマではブカティーニっていう中空のロングパスタと合わせることが多いけど、本家アマトリーチェではスパゲッティと合わせるんだ」

「へぇ、決まりがあるんですね」

「決まりと言うか伝統だね。ヨーロッパの人たちは、伝統を重んじるよね」

決まり事が多いと堅くるしいし面倒ではあるのだけれど、よその国の食にふれようとしているのだ。伝統や文化を理解しようという姿勢は大切なんじゃないか……ここ三ヶ月、萱代さんの薀蓄《うんちく》をきさつづけた身としては、そんな風に思いはじめている。

「こっちのオイルのパスタは、何ていう名前なんです？」

「グリーチャだね。またの名を……」

「別名があるんですか？」

「アマトリチャーナ・イン・ビアンコ」

「これもアマトリチャーナなんですか!?」

「そう、白いアマトリチャーナと呼ばれてる」

白いといっても、もちろんシチューのような白さではない。アサリのパスタも、トマトの入ったソースはヴォンゴレ・イン・ロッソって呼ぶし、入ってないものはヴォンゴレ・イン・ビアンコだ。きっと同じことなのだろう。きっとトマトが入った赤に対して、トマトが入っていない白って意味だ。

「正確には、スパゲッティ・アッラ・グリーチャと言って、グリシャーノ風スパゲッティって意味だね。メッザ・リガトーニっていうショートパスタと合わせるのが定番なんだけど、今日は比較のためにスパゲッティと合わた。ちなみにグリシャーノってのは村の名前で、アマトリーチェの北二〇キロくらいの所にある小さな村だ」

「へぇ。ご近所さんなんですね」

「両方とも、牧羊が盛んな山間の集落だよ」

ここで萱代さんが立ち上がり、まるで教壇に立つ教師のように胸をはる。そして、二本の指を立ててワタシたちに向き直る。

「さて、この二つのアマトリチャーナ。なぜ同じ名前で呼ばれてるか解《わか》るかな？ 共通点は何？ 異なる点は？」

「異なるのは、トマトが入ってるか入ってないか……ですよね？」

間髪を容《い》れず、左京寺くんが答える。

「そうだね。正解だ」

そして二つの皿を見つめながら、左京寺くんが慎重に答える。

「もしかして、トマト以外はまったく同じですか!?」

「正解。簡単すぎたかな？　二つのパスタ、トマトの他は味の組み立てが同じなんだ」

驚いた顔で左京寺くんが二つの皿を見比べている。ワタシだって驚きだ。言われてみればたしかに似ている気はする。けれども食べた感じは、まるで違う味わいだった。

「共通するのは、グアンチャーレとペコリーノ・ロマーノを使っている点だ。両方とも羊飼いたちの携行品だよね。諸説あるけどグリシャーノ村の羊飼いたちが食べていたパスタが、グリーチャの起源だと言われている。イタリアの山間部では伝統的に、保存性を高めた加工肉や乳製品が多く食べられてきたんだ」

「もしかしてそのグリーチャに、アマトリーチェ村の人たちがトマトを入れたのが、アマトリチャーナってこと？」

「そんなところだろうね。一九世紀頃に生まれたアマトリチャーナはローマにわたって人気を博し、いまやローマを代表するパスタとまで言われている」

「トマトって、イタリア料理に欠かせませんものね」

「でもイタリアでトマトが食べられ始めたのは、一八世紀の後半なんだ。紀元前から続くローマの歴史の中では、つい最近の出来事なんだよ」

「まだ二百年くらいなんですか!?」

「意外だろ？　トマトを使わない時期の方が、はるかに長いんだ。一六世紀頃にはイタリアに伝わっていたらしいけど、当時は毒があると信じられていて観賞用だったらしい。最初に料理に取り入れた人は驚いただろうね。今までにない酸味や甘みだし、食材と溶け合って味の奥深さを生み出してくれる。それに見た目も鮮やかで綺麗《きれい》だ。ローマだけじゃなく、あっという間にイタリア中の料理がトマトを取り入れたんだよ。そしていまやトマトとイタリアの料理は、切っても切れない縁で結ばれている」

「すごいんですね。トマトって」

感心した左京寺くんが、何度もうなずいている。

「そう、すごいんだよ。だから左京寺くん……」

「はい？」

いきなり話を向けられ、彼が目をしばたたかせる。

「トマトを目指してみる、ってのはどうかな？」

「トマト!?」

店内の一同、驚きに声を合わせて叫んでしまった。

「そう、トマトだ」

素《す》っ頓狂《とんきょう》なことを言い出した本人は、ワタシたちの驚きなんて意に介さずしたり顔だ。

「グリーチャは旨《うま》かっただろ？」

「えぇ。脂とチーズの風味をストレートに感じられる味わいでした」

「会社の先輩方が出す味わいが、グリーチャだとしよう」

「……なるほど。解ってきましたよ」

左京寺くんの表情が、次第に引きしまっていく。

その様子を見て、萱代さんがニヤリと口元をゆがめた。

「そのままでも美味《おい》しいグリーチャに、出合ったことのない新しい味を加えるのが君だ。左京寺くんという今までにない味が加わることで、そのままで充分に美味しい君たちの会社は、さらに深い味わいをかもすことになる。そんな存在を目指してみたらどうだろう」

「そして僕が、なくてはならない存在となるように……」

「そう思えば、たった一度の失敗で凹《へこ》んでる場合じゃないだろ？」

「……そう……ですよね」

自分自身に言いきかせるように、力づよく左京寺くんがうなずく。

その時、勢いよく入口のドアが開き、店内にけたたましくドアベルの音がひびいた。

「左京寺！」

叫びながら駆けこんできたのは玻璃乃だった。

萱代さんにスターヒルに連れてこられた時、玻璃乃が心配しているだろうと思ってメッセージを送っておいたのだ。だけど、こんなにあわてて駆けこんでくるとは思っていなかった。よほど心配していたらしい。

「オマエ、大丈夫か……って、何やスッキリした顔しとんな」

左京寺くんの表情を見るやいなや、気勢をそがれてテーブルの横で棒だちになる。

「玻璃乃さん、ご心配おかけしました」

左京寺くんもテーブルの横に立ち、深々と頭をさげる。

「もぉ、エエんか？」

「はい。大丈夫です！」

あんなに心配して駆けこんできたのに、すでに左京寺くんは自分を取り戻している……

あわてた姿をさらした玻璃乃が、居心地が悪そうに頭をかく。

「何しに来たんやろな……。あぁ、そうや。左京寺。ほら、あれや。見積もり手伝ってくれや。手こずっとんねん」

とり繕うように玻璃乃が、左京寺くんに手をあわせる。

「もちろんですよ！　やっぱり僕が居ないとダメですね」

「居《お》らんよりマシって程度やけどな」

いつものやり取りに、二人で顔を見あわせて笑みをもらしていた。

「ひどくないですか？　玻璃乃さん」

「名前で呼ぶな言うとるやろ」

「はい、気をつけますよ。玻璃乃さん」

苦笑した玻璃乃が、彼の二の腕に拳をあてる。

「ほな、行くで」

「はい！」

玻璃乃のあとに続く左京寺くんが、ドアの前で振りかえる。

「萱代さん。パスタごちそうさまでした！」

そう言って深々と頭をさげると、揚々と店をでていった。

店の中には萱代さんとワタシ、そしてマスターの三人が残された。さっきまでと打って変わって、いつものスターヒルの静かな空気がながれる。

冷めてしまった珈琲《コーヒー》をすする萱代さんを見つめる。

正直、すこし見直してしまった。いや、少しどころの話ではない。あんなに落ちこんでいた左京寺くんを、見事に元気づけてしまったのだから。

「萱代さん、良《い》いことしましたね」

思わず、顔がほころんでしまう。

「何だよニヤニヤして。べつに何もしてないよ」

ぶっきらぼうに言いはなつと、彼はまたカップに手をのばした。

「そうだ。あの問題、解ったの？」

珈琲を一口すすったかと思うと、突然のように訊《き》いた。

「イタリア料理なんて存在しない……ってヤツですか？」

「そう。さすがにもう解ったでしょ」

ここで萱代さんが思い出してしまったからには、解らないとは言いたくない。何たってこの答えには、パスタをちゃんと教えてもらえるかどうかが懸かっているのだ。

ここ数日間ドタバタしてしまって、正直なところまともに考えてすらいなかった。けれどもワタシの中にはすでに「これじゃないかな」って答えがあるのだ。

萱代さんがパスタやイタリアの料理を語るとき、「これはナポリで生まれた料理で」とか、「トスカーナ地方でよく食べられている料理で」といったように、必ず地方や都市の名前を添えて説明してくれる。

今日だってそうだ。ローマ三大パスタなんてパワーワードまで飛び出した。さらにローマ周辺の山間部では牧羊が盛んだとか、加工肉や乳製品がよく食べられているとか、そこからアマトリチャーナが生まれたとか……さらに伝統のレシピにまで話がおよんだ。

イタリアの歴史なんてそんなに詳しくないけど、それでも長靴のような半島の中に小さな国がひしめき合っていたことくらいは知っている。それぞれの国でそれぞれの料理が生まれ、異なる食文化として発展してきたことは容易に想像ができる。

大丈夫。きっとこれが正解だ。

「地方ごとに異なる食文化を、ひとくくりにイタリア料理とまとめてしまうのは乱暴すぎるとか……そういった意味じゃないでしょうか」

師匠の顔色をうかがいながら、慎重に答えた。萱代さんは腕を組んで、難しい顔をしながらワタシの答えをきいている。

「自分で思いついたの？」

「いいえ、萱代さんから学びました。師匠が料理を語る時、必ずどの地方の料理か説明するじゃないですか。だから、地域性が大事なのかなって。そこからの連想です」

「……意外と、ちゃんと聞いてるんだな」

「そりゃ、聞いてますよ！」

とは言ったものの、長い薀蓄《うんちく》にあきてしまって、なんとなく聞き流していることだって少なくはない。でもこれは、師匠には内緒だ。

「正解だ。約束だからね。教えるよ……パスタ」

「やった！」

アマトリチャーナみたいな美味しいパスタを、自分でも作ることができるだろうか。いや、できるはずだ。だって萱代さんが教えてくれるのだから！

またもや小おどりせんばかりに喜びに舞いあがっていたのだけれど、その喜びも束の間《つかま》……ドアベルの音でさえぎられることになってしまった。そしてお店に入ってきた人を見た瞬間、ワタシの喜びは地に叩《たた》きつけられたのだった。

黒髪の彼女だ。

先週、萱代さんの部屋から出てきた黒髪の女性が、入口に立って店内を見まわしていた。

萱代さんが、大きく手を振って彼女をよぶ。

「おーい、こっちこっち」

気づいた彼女が、テーブルまで駆け寄ってくる。

「ごめんね、遅くなっちゃった」

「いいよ。こっちもいろいろあったから」

彼女はマスターに珈琲をオーダーすると、萱代さんの隣にすわった。

そうか。萱代さんがスターヒルに来たのって、彼女との待ちあわせだったんだ。

「こちら、小間仁季里《こまにきり》さん」

「あなたが百合ちゃんね。よろしく！」

何でワタシ、萱代さんの彼女に挨拶されてるんだろうか……。

「はぁ、よろしく……って、どうしてワタシの名前知ってるんですか！」

びっくりした。初めて会う相手が自分のことを知っているのは、けっこうな驚きだ。しかも親しげに下の名前で呼ばれてしまった。

「何でって、桜馬《おうま》くんに聞いてたから？」

「おうま……くん？　だ、誰ですか、それ」

不機嫌な声で、萱代さんがこたえる。

「え！　カッコよすぎません⁉　どんな字を書くんです？」

「桜《さくら》に馬《うま》で、桜馬。……バラすなよ、季里」

あー、あー。呼び捨てにしちゃって。仲のよろしいことで。

「しらないわよ。内緒にしてるなんて聞いてないもん」

何でワタシ、ここに居るんだろ。幸せそうな二人を見てるの、辛《つら》すぎるんですけど。

「打ち合わせ、はやく終わらせてしまいましょ」

「そうだな」

茶封筒の中から、季里さんが何枚もの印刷物を取りだしている。

「打ち合わ……せ？」

疑問が思わず、そのまま口からこぼれ落ちていた。

「ごめんね、百合ちゃん。すぐ終わるからちょっと待ってね」

「打ち合わせって、何の打ち合わせです？」

「えっと、仕事の打ち合わせ……って、桜馬くん？」

彼女が隣の萱代さんをにらむ。

「何だよ？」

「もしかして百合ちゃんに説明してない？」

「説明？　あぁ、そういえばしてないな」

「もう、いつもこうなんだから……」

季里さんがこめかみに手を当てて、大きくため息をつく。そして仕事の打ち合わせのため、二人はここで待ち合わせていたことを教えてくれた。

萱代さんから、ワタシと一緒にスターヒルに居るとメッセージを受け取ったそうだ。それだったら打ち合わせの後に、一緒に食事でも……という話になっていたらしい。

「じゃ、二人はお仕事のパートナーなんですか？」

「そうよ。聞いてない？」

「えぇ……」

ふたたび季里さんが、萱代さんをにらむ。師匠はバツが悪そうに肩をすくめていた。

「何だ。恋人かと思った……」

安堵《あんど》とともに、ふたたび思ったことが口からこぼれ落ちていた。

ワタシのつぶやきを聞いた二人はたがいに顔を見合わせると、次の瞬間に爆笑していた。

「やめてよね！　私が桜馬くんと!?　こんな面倒な男、ないない」

笑いすぎて目尻ににじんだ涙を、季里さんが指先でぬぐっている。

「こっちのセリフだね。俺だって気の強い女は好きじゃない」

手を叩いて、萱代さんが笑っている。

そんなに笑わなくたって良いじゃないか。

とは言うものの、ワタシも何だか可笑《おか》しくなってしまい、三人でしばらく笑い転げていた。まったく、何が面白いんだか……。

スターヒルでの打ち合わせの後、三人で食事にでかけて季里さんにご馳走《ちそう》になってしまった。イタリアンが食べたいと言った季里さんに、なぜか萱代さんが猛反対して、喧々《けんけん》諤々《がくがく》の言い争いの末、和食のお店に決定した。

仕事のパートナーとは言うものの、萱代さんと季里さんは付き合いも長いようで仲むつまじく、いまだに二人はデキてるんじゃないかと疑っている。まぁ、ワタシとしてはどうでも良い話ではあるのだけれど。

さて、問題は左京寺くんのことだ。元気を取り戻して、相変わらず玻璃乃とのコンビで営業成績トップを走り続けている。

自信を取り戻してくれたのは嬉《うれ》しいのだけれど、中断してしまったドライブの続きをと、デートに誘われる日々をすごしている。歳下《としした》の可愛《かわい》い男の子に言い寄られるのは悪い気はしないのだけれど、断りつづけるのも何だか申し訳ないし、社内の左京寺ファンの皆様の視線が痛いし、どうしたものかと思いなやむ毎日なのだ。

第三幕　茶色いジェノベーゼの謎

いつもの休憩室のいつものテーブル。いつものように、お弁当を広げて玻璃乃《はりの》と左京《さきょう》寺《じ》くんを待つ。なんでも海外から取引先の人が来てるらしく、先週から二人は社外でお客様の相手をしている。けれども今日は久しぶりに、お昼には出社してくるようだ。二人の顔を見るのは一週間ぶりになるだろうか。

「久しぶりやな」

声の方を見やれば、玻璃乃と左京寺くんがコンビニ袋をさげて手をふっていた。ぶっきらぼうな玻璃乃の関西弁も、久しぶりに聞くと感慨ぶかい。

「元気にしてた？　風邪ひいてない？」

いつものように、左京寺くんが優しく気づかってくれる。朝晩けっこう寒いけど大丈夫だよ。ちゃんと暖かくして引きこもってるから。

「アホは風邪ひかへん言うし、大丈夫やろ」

「もう！　ワタシ、アホじゃないよ!!」

全力でツッコんだつもりだったけど、玻璃乃からは「ツッコミが甘い」と怒られた。正解は「誰がアホやねん!」らしい。いまだにツッコミの何たるかを理解できずにいる。

席についた二人と、久しぶりのお昼ごはん。やっぱりみんなで食べる方が楽しいし美味《おい》しい。それがたとえ、スーパーのお惣菜《そうざい》と冷凍食品を詰めあわせた弁当だとしてもだ。

「そや、百合子《ゆりこ》。アンタ、パスタ詳しいやろ?」

サンドイッチをかじりながら、玻璃乃が訊《き》いた。

「萱代《かやしろ》さんから教わってるし、それなりには……」

そう、師匠は約束どおり、パスタを教えてくれている。カルボナーラのときに言っていた「味について妥協はできない」というのは本当の話で、ワタシの作ったパスタのできが良くなければストレートに「不味《まず》い」と言いはなつ。でも、それで良《い》いのだ。ワタシは師匠から教わる立場なのだから、解《わか》りやすく言ってもらった方がありがたい。

とは言うものの、心ない物言いにカチンときて機嫌をそこねることも……たまには……いや、けっこう……その、二回に一回くらいは……あったり……なかったり……。それでも、まぁ、それなりに、きちんと弟子をやっているつもりだ。

「ジェノベーゼっちゅうパスタ知っとるか?」

「うーん、聞いたことがあるような気も……」

「何や。詳しいんとちゃうんかいな」

あきれたように玻璃乃が肩をおとす。

仕方ないじゃないか。萱代さんからはまだ、トマトを使ったパスタしか教えてもらってないのだから。伝統的ななレシピだけでも沢山ありすぎて憶《おぼ》えきれない。

「調べてみよっか」

スマートフォンの検索窓に「ジェノベーゼ」と入力して、検索ボタンをタップ。検索結果を画像に切りかえると、鮮やかな緑色のソースをまとったパスタがならんだ。

「けったいな色のパスタやな」

ワタシのスマホを覗《のぞ》きこんで玻璃乃が言いすてる。

「どれどれ？　どんな色です？」

玻璃乃に続いて、左京寺くんまでワタシのスマホを覗きこむ。近いって、左京寺くん、顔が近いってば！

「ほんとだ。青汁みたいな色ですね」

言い得て妙《みょう》と言うか何と言うか。でもまさか、青汁が飛びだすとは思わなかった。

「あんた、ジェノベーゼ作られへんか？」

「どうだろう。レシピによるかな」

いまお相手をしている海外のお客さんを副部長の家に招いて、ホームパーティーをすることになっているのだそうだ。料理のリクエストを聞いてみると「ジェノベーゼを食べたい」と熱望されたらしい。

「左京寺。ブルーノの出身どこやったっけ？」

「ジェノヴァですよ。そのまんまじゃないですか」

左京寺くんによると『ジェノベーゼ』っていうのは、『ジェノヴァ人』や『ジェノヴァの』という意味なのだそうだ。要するにブルーノさんは、長い日本滞在で里心がついてしまい、故郷ジェノヴァのパスタを食べたくて仕方がないらしい。

「ブルーノさんって。どんな人なの？」

「イタリアの商社からの客でな、ブルーノ・ヴェルディーちゅうオッサンやねん。日本の食材を買いつけに来とるんやけど、まぁ、ネチネチした面倒くさいオッサンで、無愛想で口数すくないくせに、口を開いたと思えば文句ばっかり……」

「言いすぎですよ。玻璃乃さん」

「そんなことあるかい！　イタリア人ちゅうのは、もっと陽気で情熱的なラテンのノリと違うんかい！」

「それ、関西人はみんな芸人って言ってるのと同じですよ」

「みな芸人やんか。違《ちご》うとらへんわ」

関西人がみな芸人気質《かたぎ》なのかどうかはさておき、ジェノヴァはイタリア半島の付け根にある北の街のようだ。南のラテン気質を求められても困るだろう。

お客さんの気質はともかく、ホームシックのブルーノさんのためにジェノベーゼをご馳走してあげることになっているらしい。ジェノベーゼ、作ることができるだろうか。スマートフォンの検索結果からレシピを確認してみる。バジル、ニンニク、松の実、そしてパルミジャーノとオリーブオイルを用意して、フードプロセッサーにかけてペースト状に……何だかこのレシピ見おぼえがある。これってたしか、すこし前に萱代さんが作ってたヤツじゃないだろうか。

秋ごろに萱代さんが「こいつの季節も終わりだな」なんて言いながら、サンルームのバジルを大量に収穫したことがあった。花が咲き始めたら、そろそろおしまいなのだそうだ。短く刈りこんで冬をこす……そんな風に言っていた気がする。寒さに弱いバジルは日本では一年草あつかいなのだけれど、本来は多年草なのだそうだ。寒さでダメージを受けなければ、何年も育ちつづけるらしい。

そう、収穫したバジルで、たしか緑色のソースをたくさん仕込んだはずだ。モルタイオとかいう大理石のすり鉢みたいな器具で、延々とすり潰していたからよく憶えている。

完成したソースは、たしかリングイネと和《あ》えたはずだ。バジルの香りが鮮烈で、そこにニンニクとオリーブオイルが加わって香りの宝石箱みたいなソースだった。さっぱりした味わいかと思いきや、松の実とチーズのコクが素晴らしく感動した憶えがある。

嗚呼《ああ》、ダメだ！　お昼を食べたばかりだと言うのに、またお腹《なか》がへってしまう！

「玻璃乃。このジェノベーゼってやつ、用意できるかも」

「何やて!? ホンマかいな!」

テーブルに手をついて、玻璃乃が身をのりだす。

たしか食べきれなかった分は、冷凍したはずだ。萱代さんに頼めば、分けてもらえるかもしれない。あのときゴリゴリするの、かなりしんどかったのだ。労働の対価として、わたしにはあのソースを受け取る権利がある……はずだ。

「萱代さんの所に冷凍のソースがあるから、分けてもらえると思う」

「おっ! さすがはパスタ名人やな!」

持ち上げられて悪い気はしない。もっと言って、もっと言ってと思ってしまう。でも慎《つつし》みぶかいから、きちんと謙遜《けんそん》しておく。

「名人は言いすぎだよ。ほめたって何もでないよ?」

その言葉に、玻璃乃が噴きだす。

「アンタと違《ち》ゃうわ。萱代さんのことや」

あ、はい。

申し訳ございません。思い上がっておりました……。

◇

バジルのソースをもらうため、会社がえりに萱代さんの部屋によった。けれども季里《きり》さんが来ていて、何やらたて込んでいる様子だ。

こんな時間に、季里さんが居るのは珍しい。彼女がくるのは決まってワタシが会社へ行っている時間のようで、平日はあまり顔をあわせる機会がない。

玄関までワタシを出迎えにきてくれた萱代さんは、リビングにもどると季里さんと口論を始めた。どうやらワタシがくる前から、言いあらそいは続いているらしい。仲がいいんだか悪いんだか、よくわからない二人だ。いや、喧嘩《けんか》するほど仲がいいとも言うし、きっと仲はいいのだろう。

それに仕事上の言いあいなのだし、こんなに熱く議論ができるということは、忌憚《きたん》ない意見をぶつけ合って素敵なものを生みだしていくのではないだろうか……などと勝手にいい話として納得しようとした。けれどもどうやら話は違うようで、季里さんの持ってきた案件を、萱代さんが請けたくないとゴネているだけのようだ。

「何で請けないのよ。こんな条件のいい案件、なかなかないわよ！」

「請けたくないものは、請けたくないの。理由なんか要らないだろ」

子供の喧嘩みたいで、おかしくなってしまう。

萱代さんはフリーのウェブデザイナーで、季里さんは制作会社のプロデューサーだ。季里さんが発注者で萱代さんが受注者なのだから、季里さんの方が立場が強いように思えるのだけれど、そんな簡単な関係ではないらしい。何でも萱代さんのデザイナーとしての実力はなかなかのものらしく、こちらがお願いする立場なのだと季里さんが言っていた。

「理由を聞かなきゃ、納得できないわ！」

「俺が嫌だからだよ！　それが理由」

言いあらそいは、膠着《こうちゃく》状態のようだ。仕事を選《よ》り好《ごの》みできるというのは、とても贅沢《ぜいたく》でうらやましくなってしまう。さすがは師匠と言うべきだろうか……。

摑《つか》みかからんばかりの勢いで言い合っていた二人だったけど、これ以上やりあっても埒《らち》があかないと思ったのか一旦休戦に入ったようだ。

言いあいがやんだ今がチャンスとばかりに、萱代さんにお伺いをたててみる。

「あのぉ、師匠。冷凍庫のバジルのソース、もらって良いです？」

おっかなびっくり訊いてみる。

「ソース？　そんなの勝手に持っていけよ」

不機嫌な声がかえってくる。

「それから、師匠って呼ぶな」

「はーい。師匠」

良かった。パスタソースを持ち帰るという目的は達成できそうだ。

「いい仕事だと思うんだけどな。雷火《らいか》のウェブサイトだよ？」

キッチンに向かおうとしたとき、ため息まじりに季里さんがつぶやいた。

何かいま、知った名前が聞こえたような……。

「雷火って、あの萬有《ばんゆう》・ザ・雷火ですか⁉」

「そうよ。あの雷火よ」

仕事の話に首を突っこむのもどうかとは思ったけど、雷火の名前を聞いては黙っていられない。いまやバラエティーやトーク番組に引っ張りだこの人気イタリアンシェフ。ワタシだって、熱烈な雷火ファンなのだ。

「有名人の仕事だから箔《はく》がつくじゃない？　自由にやらせてくれるって言ってるし、何より金ばらいが良いし保守契約つきよ？　何が気に入らないんだか……」

「萱代さん、請けましょうよ！　雷火ですよ、あの雷火！」

「雷火の仕事だから請けたくないんだよ！」

「えー、どうしてですか。雷火と会えるかもしれないのに」

「べつに会いたくないね。あんな芸人くずれ」

萱代さんがこれだけキッパリと拒絶しているのだから、いくら説得したところで考えが変わるようなことなんて絶対にない。付き合いがまだ半年のワタシですら、それくらいのことは解る。ワタシよりも付き合いが長い季里さんは、そんなことくらい当然のように理解していて撤収準備を始めていた。

「今日のところは帰るけど、あきらめた訳じゃないからね。考え直しといてね！」

「何度きたって同じだよ。請けないからな」

季里さんは萱代さんの返事を無視すると、ワタシに向きなおって言った。

「百合ちゃん、下でお茶しない？ご馳走《ちそう》するよ」

「やった！ティラミス付きます？」

「付ける、付ける！行きましょ」

季里さんに誘われ、萱代さんの部屋をあとにした。

スターヒルの珈琲《コーヒー》と甘味につられて季里さんとお茶したのだけれど、予想通り萱代さんへの愚痴をたっぷりと聞かされるハメになった。でもワタシだって萱代さんについて、言いたいことがたくさんあるのだ。萱代さんを肴《さかな》にした女子トークは大いに盛りあがり、お茶だけでは収まらず食事までご一緒することになってしまった。

季里さんと別れて自分の部屋へもどる途中、バジルのソースをもらっていないことに気がついた。あわてて萱代さんの部屋へとお邪魔する。

「季里、怒ってただろ」

部屋へ迎えいれて、第一声がこれである。何だかんだ言ってもやはり、師匠は季里さんのことを気にしているのだ。

「萱代さんの愚痴、いっぱい言ってましたよ」

ワタシもいっぱい言ったけど、それは内緒だ。

「だろうな。悪かったね、巻きこんでしまって」

お茶と食事をご馳走になったのだ。こんな巻きこみなら大歓迎だ。

「おかげで昔の師匠の話、いっぱい教えてもらいましたよ」

「また要らんことを。ちょっと待って、洗い物おわらせるから」

そう言って師匠はキッチンに向かった。どうやら、洗い物の途中だったらしい。

「どんな話を聞いたの？」

「気になるんですか？」

「そういう訳じゃないけど……」

思いっきり気にしてるじゃないか。こういう師匠も珍しい。

「萱代さんって、お父さんと仲わるいんですってね」

水の音が止まり、しばしの沈黙が流れた。

しまった。もしかして、触れてはいけない話題だっただろうか。

「気を悪くしたならごめんなさい。でもワタシ、気になってしまって……」

キッチンから戻った萱代さんが、仕事机のチェアに身をなげて黙りこむ。

昔を思い出すかのように遠くを見つめていたけれど、やがて大きなため息をついておもむろに話しはじめた。

「実家にいた頃は、たしかに喧嘩ばかりしてたな。家を出てからは、喧嘩どころか会話すらないけど。あ、喧嘩と言っても、うちの場合はちょっと特殊で……」

「料理勝負……ですよね」

驚いた表情で、萱代さんが見つめていた。

「あいつ、そんなことまでしゃべったの⁉」

あきれたように天をあおぐ。

萱代さんのお父さんは料理人で、萱代さんのことを料理人にしたかったのだそうだ。けれども敷かれたレールの上を走るのがいやで、萱代さんは反発していたらしい。

反抗期の萱代さんがお父さんの意見に反発するたびに、料理勝負で決着をつけていたのだそうだ。まさか現実に、料理勝負で物事を決める人がいるだなんて思ってもみなかった。

そんなの、漫画やアニメの世界だけの話かと思っていた。

でも、きっと料理勝負のおかげで、師匠はこんなにもイタリア料理に造詣が深くなったのだろうと思う。完全にお父さんの作戦勝ちじゃないか。

けれどもこれだけの技術と知識をもちながら料理人になっていないあたり、あまりにも頑固で萱代さんらしい。

「意地はってないで、料理人になればいいのに。もったいないですよ、それだけの腕がありながら！」

「君には関係ないだろ……」

変な空気になってしまった。いたたまれなくなって自分の部屋へ帰ろうと思ったのだけれど、まだバジルのソースをもらってないことを思いだして踏みとどまる。

何とか話題を変えなくては。この空気を変える話題を……。

「そうだ、師匠。ジェノヴァって知ってます？」

「イタリア最大の港湾都市だろ。金融の中心地でもあるな」

さすがに知っているよね……などと感心していると、萱代さんの薀蓄《うんちく》がとめどなく押しよせてくる。

「ジェノヴァは一六世紀頃、ヴェネツィア、ピサ、アマルフィと共に四大海洋国家として地中海や黒海の覇権を争っていたんだ。金融で財を成したジェノヴァが芸術家や建築家を招き入れた結果、素晴らしいルネサンス様式やバロック様式の建造物がつくられて現在でも残っているね。その繁栄ぶりから当時は『ラ・スペールバ』、つまり『華麗な都』とか『誇り高き都』と呼び讃《たた》えられていて……」

「ちょっと萱代さん！　ストップ、ストップ！」

「何だよ。人がせっかく気持ちよく語ってるのに……」

そんな一気にまくしたてられても、まるで頭に入ってこない。って言うか、べつにワタシは、ジェノヴァの薀蓄を聞きたい訳じゃないじ。

「いやー、よく解《わか》りました！　でも、ジェノヴァのお話はもう結構です！」

半年間で学んだ萱代さんと付きあうコツ。それは彼に無用な気づかいをせずに、自分がしてほしいことをキッパリと言い切ること。その方が萱代さんには伝わりやすい。

「そう？　ここからが良《い》い所なのに……」

ほら、あっさりと引きさがった。だいぶ師匠の扱いになれてきたんじゃないかと思う。

「でも、どうして急にジェノヴァなの？」

「玻璃乃たちが、ジェノヴァのお客さんの相手をしてるんですよ」

「なるほど。苦労してるだろ」

「そうみたいですけど……どうして判《わか》るんです？」

「ジェノヴァっ子の特徴、愚痴っぽくてケチで無愛想」

なるほど。玻璃乃がボヤいていたブルーノさんの特徴と一致する。

「その人が里心ついちゃって、バジルのパスタを食べたいとかで……」

「バジルはジェノヴァの特産品だもんね。あぁ、それでバジルのソースを？」

「そうなんです。泣きつかれちゃって……」

頼まれはしたけれど、泣きつかれてなんかいない。話は盛ったほうが面白い、これは玻璃乃から学んだことだ。

「いいよ。要るだけ持っていきなよ。冷凍物のベランダ産バジルが、ジェノヴァっ子のお口に合えばいいけど」

「怖いこと言わないでくださいよ」

「まぁ、あちらさんも冬の日本でまともなバジルを食べられるなんて思ってないだろうし、贅沢は言わないでしょ。伝統的なレシピで作ったソースだ。お気に召すだろうよ」

「そうですよね！」

「パスタはトロフィエが良いんじゃないかな」

「何です、それ？」

「ジェノヴァ名物のパスタさ」

そう言って萱代さんが収納棚からもってきたのは、五センチくらいのショートパスタだった。コヨリのようにクルクルとねじれていて可愛《かわい》らしい。

「手打ちで作ると旨《うま》いんだけどね。今回は乾燥パスタで勘弁してもらおう」

結局、萱代さんのストックから、トロフィエと冷凍庫のバジルのソースを全部もらってきた。ホームパーティーで振る舞うと言っていたのだ。何人分が必要なのかわからないけど、余るくらいでちょうど良いだろう。

ついでに内緒でもらってきたミートソースっぽいヤツは、うちの冷凍庫に放りこんでおいた。手間賃くらいもらっても、バチは当たらないはずだ。

ソースをもち帰った三日後の土曜日、ワタシはふたたび萱代さんの部屋をおとずれている。土曜日だというのに萱代さんは仕事をしていて、一段落するまでリビングで待たせてもらっている。

◇

先日もち帰ったパスタとソースは、茹《ゆ》で方のメモと一緒に玻璃乃にわたした。メモの内容は基本的なことだけど、玻璃乃だってそんなに料理が得意ではないのだ、用心のためパスタの茹で方を書いておいた。

一人分のパスタの量は八〇グラムから一〇〇グラム、茹でるお湯はパスタ一〇〇グラムに対して一リットル、塩は必須で一リットルに対して大さじ一杯、沸騰したらパスタを入れて強火に、再沸騰したら弱火に落としてくっつかないように時々まぜながら、アルデンテにこだわる必要はなくって、パスタの袋に書いてある時間を基準にして芯がなくなるまで茹であげる……どれもこれも萱代さんから、いつも口酸っぱく言われていることだ。

パスタが茹であがれば湯からあげて、あらかじめ室温に戻しておいたバジルのソースとからめて完成。火を通す必要はない……と言うよりも、火にかけて香りを飛ばしてしまっては台なしだ。あくまでも茹でたてのパスタを、ソースと和《あ》えるだけだ。

昨日の夜に副部長宅のホームパーティーで振る舞ったと、玻璃乃からメッセージで報告があった。副部長やほかの参加者、そして副部長のご家族にも好評だったそうだ。だがしかし、肝心のブルーノさんの反応は、いまひとつだったらしい。

「どうして？ 食べたがってた故郷の味なのに!?」

メッセージで玻璃乃に訊《き》いてみた。

「美味《おい》しいパスタやって、ほめてくれたよ。トロフィエが出てきたのにも驚いとった」

「だったら、どうして!?」

パスタのチョイスや、ソースの出来には満足してくれたということだろうか。それなのに、なぜ不評だったのか訳が解らない。

「これはジェノベーゼではない……とかぬかしとったな」

「何でよ。ジェノベーゼだよね。ちゃんとウェブで調べたじゃない」

「せやねん。そこがウチも解らへんねん」

ジェノベーゼが食べたいというブルーノさんにジェノベーゼをご馳走したら、これはジェノベーゼではないと言われた……だとしたらワタシたちが用意したパスタは、いったい何だと言うのだろうか。

「ブルーノさんが食べたいジェノベーゼって、どんなのか訊いたの？」

「訊いたんやけどな、やっぱり日本人にイタリア料理はムリやとか、あぁだこぉだと文句ばっかりぬかしよるから腹たって帰ってきたったわ」

相変わらず短気だな、玻璃乃。

でも、気持ちは解る。手を尽くしたのに相手が喜んでくれなくて、さらに文句まで言われて……。そりゃ腹が立つよね。でも、何が悪かったんだろうって思ってしまう。何とかして、ブルーノさんを喜ばせてあげたいって思ってしまう。

だからこうやって、師匠のところへ来ているのだ。ジェノヴァについてあんなに詳しい萱代さんのことだ。ジェノベーゼの謎を解く鍵だって、きっと持っているに違いない。

そんな確信めいた期待を胸にいだいていると、仕事が一段落ついた萱代さんがリビングへやってきた。

「おまたせ。どうしたの急に……って、いつも来るときは急か」

ジェノヴァっ子ばりの嫌みが飛んでくる。

どうもすいません。いつも急に押しかけてくるお隣さんで。

「萱代さんに分けてもらったソース、ダメだったみたいです」

「どうして？　トロフィエまで持たせたのに」

「解んないですよ。美味しいパスタだって、褒めてくれたみたいなんですけどね」

ジェノベーゼなのにジェノベーゼじゃないだなんて、もう意味が解らない。

「だったら、どうして？」

「それが解らないから困ってるんですよ。ジェノベーゼって何なんでしょうね」

「待って。ジェノヴァのお客は、ジェノベーゼが食べたいって言ったの？」

「そうですよ。玻璃乃が頼まれて、だからワタシ……」

「あぁ、なるほどね」

薄ら笑いを浮かべながら、萱代さんがソファーに身をまかせる。

「何か解ったんですか？」

問いかけてもニヤニヤと笑うばかりで、まるで取りあってくれない。

「あぁ、解った。でもこれは仕方ないな……」

いままでの会話に、何か納得できる要素なんてあっただろうか⁉

「仕方ないってどういうことですか。教えてくださいよ！」

「いや、種明かしは楽しみにとっておこうよ」

それって萱代さんが楽しいだけで、ワタシはモヤモヤしっぱなしじゃないか。

「ジェノヴァのお客を、招待することはできるのかな？」

「玻璃乃に言えば、大丈夫だと思いますけど……」

「気難しいジェノヴァっ子に、旨いジェノベーゼを食わしてやろうぜ」

「え、でも、ソースのストック、もうないですよね？」

「いいから、いいから」

「バジルだって、もうないんでしょ?」

「任せとけって」

何だか釈然としない気持ちを抱えながら、その日は萱代さんの部屋をあとにした。

ブルーノさんを食事に誘えないかと玻璃乃に連絡すると、すぐに約束を取りつけてくれた。月曜の夕方、スターヒルに集合だ。

◇

会社がえりにそのまま、スターヒルへと向かった。

今日はブルーノさんに、ジェノベーゼをご馳走《ちそう》する日だ。三〇分もすれば、玻璃乃が彼を連れてスターヒルへやってくるだろう。

お店の中では萱代さんが、雑誌を読みながらカウンターでくつろいでいた。隣に座り、珈琲《コーヒー》をオーダーする。マスターがいつものように丁寧に、香りたかい珈琲をいれてくれた。

「のんびりしてますけど、大丈夫なんですか?」

「あぁ、問題ない。ソースだって、もう仕込んであるからね」

厨房《ちゅうぼう》を覗《のぞ》き込むと、パスタを茹でる大きな寸胴《ずんどう》の横に、一回り小さな鍋が置かれていた。

「あのお鍋、ソースが入ってるんでしょ？　見てきていいです？」

「やめときなって。楽しみは取っておいた方がいいだろ？」

そう言われては、ますます気になってしまう。何かヒントにならないかと、お店の中の匂いに意識をむけてみる。珈琲の香りにかくれて、かすかに料理の匂いが混じっていた。かいだことのある匂いだ。何だろうか。一番近いのはきっと、あの料理だ。

「牛丼の匂いしません？」

隣で萱代さんが、珈琲を吹きだしそうになっている。

「牛丼とはまた、意表をついてくるね」

「え、ちがうんですか？」

萱代さんは苦笑するばかりで、正解は教えてくれなかった。

「でも、当たらずとも遠からずだ。いい鼻してるよ、まったく」

褒められたのだろうか。嫌みを言われたような気もするのだけれど、ここは素直に受け取っておくことにしよう。

「そうだ、イタリア語の挨拶って、ボンジョルノでしたっけ？」

「それは日が高いときの挨拶。日が落ちればボナセーラ」

「ボナセーラ。憶《おぼ》えとかなくっちゃ」

「今日のお客は、日本語ペラペラなんだろ？　日本語で挨拶した方が良いんじゃないの?」

「イタリアのことに興味がある的なアピール、しといたほうが良《い》いかなって」

「いらぬ気づかいだと思うけどね」

そうこうしている間に約束の時間となり、玻璃乃がブルーノさんを連れて店にやってきた。気難しいという前情報から想像していた姿とはことなり、クラシカルなスーツがよく似合うイタリア紳士だった。イケオジ好きのワタシとしては垂涎《すいぜん》モノだ。

「美味しいジェノベーゼ、食べさせてくれると聞きました。よろしくお願いします」

そう言いながら、萱代さんと握手をかわす。なるほど、本当に日本語がペラペラだ。

ワタシの前に立ったブルーノさんは、突然おどろいたように顔の横で両手をひろげる。

「日本の女性みんな可愛いけど、あなたとくに可愛いですね」

えぇ〜。そんな本当のことを言われても困るぅ〜。などと反応に困っていると、すかさず玻璃乃からツッコミが入った。

「何を真《ま》に受けとんねん」

申し訳ございません。調子に乗っておりました……。

ケチで文句が多いジェノヴァっ子と聞いていたけど、意外とラテンのノリだ。和やかな雰囲気のまま、カウンター席へすわる。萱代さんは料理の準備のために、奥の厨房へと姿をけした。

「日本の喫茶店、独特の雰囲気ありますね。イタリアのバールとぜんぜん違う」

「イタリアの人から見ると、喫茶店はどんな風に見えるんです？」

イケオジと会話したくて、思わず訊きかえす。

「野暮でお洒落《しゃれ》じゃない。でも、こだわりと懐かしさ感じますね」

褒《ほ》められてるんだか貶《けな》されてるんだか、よく解《わか》らない感想だ……。

そんなブルーノさんの感想にも笑みをこぼしながら、マスターがソムリエナイフを手に白ワインの栓をぬく。

「本来であれば、ホストの萱代様にお願いするところですが、なにぶん料理をお任せしているもので……」

そう言いながらマスターが、玻璃乃のグラスに少しだけワインを注いだ。

玻璃乃はグラスを持つと、色と香りをたしかめた後に少しだけワインを口にふくんだ。

そしてマスターへ微笑《ほほえ》みを向けながら、うなずいてみせた。

「かしこまりました」

うやうやしく一礼したマスターが、ブルーノさんのグラスにワインを注ぎはじめた。

「ねぇ、いまのって何の儀式？」

声をひそめて玻璃乃に訊く。まるで申し合わせていたかのようなやり取りに、何が起こったのか理解がおよばなかった。

「儀式とか、そんなんと違《ち》ゃうわ。ホスト・テイスティング言うてな、ワインに問題がないか確認しただけや。ワインのチェックも、ホストの役目やからな」

あきれたように、玻璃乃が教えてくれる。

「あー、聞いたことがあるかも……」

ソムリエがワインを注いでくれるような店で食事したことがないのだから、知らなくたって仕方ないじゃないか。聞いたことがあるだけでも、褒めてほしいところだ。

何だかマスターまで失笑しているように見えるのは、被害妄想のなせるわざだろうか。

ブルーノさんにつづき、ワタシと玻璃乃のグラスにもワインが注がれた。

「ほな、乾杯しよか」

玻璃乃の言葉に、三人がグラスを手にする。

「乾杯《サルーテ》!」

掛け声とともにグラスをかかげる。

よく冷えた白ワインを口に含むと、まるで柑橘類《かんきつるい》のような爽やかな香りが口いっぱいにひろがった。そして飲みくだしてのこる少しビターな風味……どことなく、ミネラルウォーターを飲んだ後のような硬さもある。

「美味しい……。何ていうワインなんですか?」

「ラクリマ・クリスティ・デル・ヴェスーヴィオ。カンパニア州のワインですよ」

　マスターの言葉に、聞き覚えのある単語が含まれている気がした。どこかで聞いたことがある名前だ。記憶の糸をたぐってみると、すぐに思いいたった。母がよく聴いていた、ビジュアル系バンドの名前だ。

「ラクリマ・クリスティって、キリストの涙っていう意味なんでしょ？」

　そう言ったワタシを、玻璃乃が驚きの表情で見つめる。

「あ、あんた、イタリア語わかるんか⁉」

　ブルーノさんも、そしてマスターまでもが驚きの表情をうかべていた。

「ワタシだって、これくらいのことは知ってるんだからね！」

「お、おう。すまんかったな……」

　解《げ》せぬとでも言いたげな表情のまま、玻璃乃がわびる。

　正直に言ってしまえば、イタリア語なんてまるで解らない。母が熱っぽく語っていたバンド名の由来を、たまたま憶えていただけのことだ。けれども、これはまぁ、黙っておくことにしよう。

「素晴らしいミネラルを感じるワインです」

　グラスを回して香りを楽しみながら、ブルーノさんがつぶやく。

「ミネラル……ですか？」

「ナポリの東には、ヴェスーヴィオ火山ありますね。その近くで造られるワインです。火山灰の土で育ったブドウ、たくさんミネラル含んでいますね」

なるほど、火山灰のミネラルを、たくさん含んだブドウで造られたワインという訳だ。だったらミネラルウォーターのような後味というワタシの感想も、なかなか的を射ているのではないだろうか。

程なくして奥の厨房から、三枚のお皿を手にした萱代さんが姿をあらわす。

「おまたせしました」

ブルーノさんの眼前にサーブされた皿には、三種類の前菜が盛りつけられていた。

「今日の主役はパスタだから、第二の皿《セコンド・ピアット》はないからね。前菜《アンティパスト》をしっかりと召しあがっていただきましょう」

ワタシと玻璃乃にも料理がサーブされる。萱代さんによると盛り付けられているのは、野菜のグリル、カプレーゼ、そしてゼッポリーネという海藻が入ったピッツァ生地のフライなのだそうだ。

カプレーゼの、トマトの赤、モッツァレラの白、バジルの緑を、イタリアの国旗みたいで綺麗《きれい》……なんて思いながら食べていると、ふたたび萱代さんが厨房から姿をあらわした。

そしてカウンターの内側に立ち、手を打ちならす。

「さぁ、パスタが茹《ゆ》で上がる間に、おさらいをしておこうか」

「おさらい？」

「そう、ジェノベーゼが食べたいと言ったブルーノさんに、バジルソースのパスタをご馳走した……そうだったよね？」

萱代さんの問いかけに、玻璃乃がうなづく。

「とても美味《おい》しいパスタでしたね。日本で美味しいバジル食べられると思わなかった」

「でも、食べたいパスタではなかった。そうですよね？」

「そうです。わたしはジェノベーゼ食べたいですね」

ワタシたちがご馳走したのは、ジェノベーゼじゃないとブルーノさんは言う。だとしたら一体、あのパスタは何だったのだろうか。

「ブルーノさん。このまえ食べたバジルのパスタ、イタリアでは何と呼びますか？」

「あれは『パスタ・アル・ペスト』ですね」

「ペスト？ ジェノベーゼじゃないんですか!?」

驚いて思わず大きな声がでてしまった。

「ジェノヴァのバジルで作るペストを『ペスト・ジェノベーゼ』と言います」

「ややこしいな。解らんようになってきたで」

「ペストだけど、ジェノベーゼ……なんですか？」

訳が解らずに頭を抱えているのはワタシだけじゃなくて、玻璃乃も不思議そうな顔をしている。ジェノベーゼじゃなくてペスト、でもペスト・ジェノベーゼ……考えるほどに混乱してしまう。

ワタシたちの疑問に答えるため、ふたたび萱代さんが語りはじめる。

「食材をすり潰して作るソースは、『ペスト』と呼ぶんだ。そしてジェノヴァのバジルを使って定められたレシピで作られたものだけが、『ペスト・ジェノベーゼ』を名のることができる。日本ではなぜかその辺が混同されてしまって、バジルの緑色のソースすべてが、ジェノベーゼと呼ばれているんだ」

「え？　みんなが間違っちゃってるんですか？」

「そうだね。日本で書かれたイタリア料理のガイドやレシピでは、ペストをジェノベーゼという名前で紹介しているものも多いしね」

ウェブで検索したときも、その通りだった。ジェノベーゼというワードで検索したら、緑色のソースばかりが……つまりペストばかりが並んだ。そうか、間違いが間違いのままで広がってしまって、そのまま定着しているのか……。

「ペスト・ジェノベーゼという呼称は、イタリアの原産地名称保護制度で保護されてるんだ。ジェノヴァ産のバジルを使っていなければ、ペスト・ジェノベーゼを名乗ることはできない。だから単にペストと呼ぶ。そしてジェノヴァ産のバジルを使っていても、オリーブオイルを他のオイルにしたり、松の実を他のナッツに変更すれば、それはペスト・ジェノベーゼを名乗ることはできないんだ」

「ほぉ、厳しいんやなぁ……」

感心して玻璃乃が深くうなずいている。

「イタリア人、食べること好きですね。だから厳しいです。きちんとします」

誇らしげに、ブルーノさんが説明してくれる。

「これくらいきちんとしていれば、産地偽装なんて起きないんでしょうね」

「そうだね。制度が産地を保証しているから。でも、ジェノヴァ風ペストという意味で『ペスト・アッラ・ジェノベーゼ』なんて名前で呼ばれることもあるから注意が必要だ」

そこまで説明すると萱代さんは時計を見やり、厨房《ちゅうぼう》へと姿を消した。どうやらそろそろ、パスタが茹であがる時間らしい。

バジルを使った緑色のソースは『ペスト』、そしてジェノヴァのバジルを使って定められたレシピ通りに作られたソースが『ペスト・ジェノベーゼ』。なるほど理解した。

では、ブルーノさんが食べたいジェノベーゼというのは、どんな料理なのだろうか……。

厨房からかすかにソースの香りがただよってくる。萱代さんが当たらずとも遠からずと言った、あの牛丼のような香りだ。美味しそうな香りに、期待は高まるばかりだ。

パスタを待つ間に、マスターが新しいワインを開けてくれた。玻璃乃のテイスティングのあと注がれたワインは深みのある赤褐色で、まるでガーネットのような彩だ。

「タウラージを召し上がっていただきましょう。同じくカンパニア州のワインです」

マスターの言葉に、玻璃乃が心配そうな声をあげる。

「パスタと合わせるんでしょ？　イケます？」

「ええ。どうぞご心配なく……」

笑顔でこたえるマスターだったけど、玻璃乃はそれでも不安そうだった。タウラージはボディーの重いワインだから、肉料理のような力強い料理じゃないと料理がワインに負けてしまうのだと教えてくれた。

タウラージの味わいは深くドッシリとしていて、今までに飲んだどのワインよりも複雑な味がした。気のきいた感想のひとつでも披露しようかとは思ったのだけれど、この味や香りをどう表現して良いのかわからず、結局あきらめることになってしまった。

ただ、このワインに引けをとらないパスタだというのならば、かなり力強い味わいのパスタということになる。玻璃乃じゃないけれど、大丈夫だろうかと心配になってしまう。

「おまたせ。これがパスタ・アッラ・ジェノベーゼだ」

みんなの前に次々とサーブされる皿には、茶色のソースをまとった筒状のパスタが盛られていた。パスタは蠟燭《ろうそく》くらいの太さがあるだろうか。たっぷりと振りかけられたパルミジャーノが、トロリと溶けだして美味しそうだ。

「何や地味なパスタやな」

肉を使ったパスタを予想していた玻璃乃が、拍子ぬけした様子でパスタを見つめる。

「さぁ、召し上がれ《ボナペティート》」

「ブラーヴォ！　ずっと食べたかったです！」

萱代さんのすすめに、ブルーノさんが香りを吸いこんで叫んだ。

そしてフォークを刺して、パスタを口へとはこぶ。

「デリツィオーゾ！」

まるでガッツポーズでもするかのように、腕に力をこめて身を震わせている。

「萱代さん、何て言ったか解《わか》ります？」

「……旨《うま》いとさ」

よかった。ブルーノさん喜んでくれたんだ。玻璃乃もホッとした顔をしている。

「君たちも、冷めないうちにどうぞ」

萱代さんにうながされて、パスタを口へとはこぶ。

円筒形の大きなパスタはモッチリとした歯ごたえで、官能的な嚙《か》み心地《ごこち》が癖になってしまいそうだ。

最初に感じたのは甘みだった。とても馴染《なじ》みぶかい野菜の甘み。トロトロに煮えて原形をとどめていないけど、食べなれたこの甘みはタマネギによるものだと判《わか》る。

口の中いっぱいに、タマネギの甘い香りが満ちていく。同時に力強い肉の旨《うま》みがひろがる。これも馴染みがある味……きっと牛肉だ。タマネギと牛肉だなんて、黄金の取りあわせじゃないか。このソースの香りを牛丼と評したワタシのセンスも、なかなかのものだ。

「美味しい……。これが本物のジェノベーゼなんですね」

「本物と呼ぶのが適当か判らないけど、これがパスタ・アッラ・ジェノベーゼ、つまりジェノヴァ風パスタだね。イタリアでジェノベーゼと言えば、この肉とタマネギの煮込みのことを指すんだ。今日はパスタにカンデーレを使ったから、『カンデーレ・アッラ・ジェノベーゼ』と呼ぶ方が正確かな」

気がつけばお皿のパスタは、最後の一つになっていた。あまりに美味しくて、一気に食べてしまった。心配していたワインとの相性だってバッチリだ。なごり惜しくて、最後の一つを口に運ぶことができない……。

「萱代さん。お代わりないんですか？」

「食べるねぇ。パスタを茹でれば、ソースはまだあるけど」

ワタシたちの会話を聞いて、ブルーノさんがニヤリと笑う。

「煮込《にこ》みのお肉、きっと鍋の中にかくれてますね。第二の皿《セコンド・ピアット》といきましょう」

なるほど。言われてみればパスタに和《あ》えてあるのはタマネギのソースだけだ。

「まいったな。あとで食べようと思ってたのに……」

「美味しいもの独り占め、いけませんね」

ブルーノさんが悪戯《いたずら》っぽい笑顔をむける。

「えー。お肉も食べさせてくださいよ！」

「せや！　独り占めはずるいで！」

「はいはい。解った、解りました。お出ししましょう」

そう言って肩をすくめると萱代さんは厨房へと姿をけし、煮込みののった皿を両手にふたたび現れた。

「ご所望の『ラグー・アッラ・ジェノベーゼ』でございます」

おどけた調子で、みんなに皿をサーブする。

「ラグーってのは煮込み料理のことなんだ。つまり、ジェノヴァ風煮込みだね」

さっきのパスタと同様に、茶色いソースをまとったお肉の塊がごろりと皿の上にのって、美味しそうな湯気をたてている。

ブルーノさんはパスタのときと同じように香りを楽しむと、満足げにお肉を口に運んでいる。ワタシもナイフとフォークを手にして、お肉を切りわける。柔らかい……ナイフを使わずとも、フォークだけで切りわけることができそうだ。

口の中で肉の繊維がホロリとほどける。嚙みしめるほどに、肉の旨みとタマネギの風味が口に広がっていく。ここまで煮込むとお肉がパサついてしまいそうだけど、ねっとりとしたゼラチン質でつなぎとめられていて、まるでパサついた感じがない。

「素材の味をストレートに楽しめるよう、今回はシンプルなレシピで仕立てた。使う肉に決まりはないけど、煮込みだから硬くて筋がおおい部位が旨いね。今回は牛のスネ肉を使ったよ。肉の一・五倍のタマネギを炒《いた》めて甘さを引き出した後、表面を焼いた肉と合わせてワインと水で煮込んでいく。味をしめるために、少しだけトマトを加えた」

なるほど。スネ肉のスジを煮込むと、こんなにネットリとした美味しさを生むのか。

萱代さんが説明してくれたレシピは、とてもシンプルだ。けれどもシンプルな料理ほど難しくて、経験がないと美味しく仕上げられない。このことは、この半年で思い知らされている。師匠の腕前には、舌をまくばかりだ。

「旨いなぁ。これが本場ジェノヴァの味やねんな」

「おいおい。ジェノベーゼはジェノヴァ料理じゃないぞ」

「はぁ？　ほな、どこの料理やねんな!?」

玻璃乃が不思議そうに眉根をよせる。

「ジェノベーゼは、ナポリ料理だよ」

「ちょっと待ってぇな。ツッコミが追いつかへんわ。ジェノヴァ風のナポリ料理やて？　ブルーノはん、故郷のジェノヴァ料理が食べたかったんと違うんかいな」

突然話を向けられたブルーノさんはあわてることもなく、かわらぬ調子でお肉を口に運びながらつぶやいた。

「ジェノベーゼ食べたかったです。故郷の料理食べたかったと違いますね」

つまりジェノベーゼを食べたいとは言ったけど、故郷の料理が食べたいとは言っていない……そういうことだろう。ジェノベーゼという名前にまどわされて、ワタシたちが勘ちがいしていただけのようだ。

「でも、どうしてナポリ料理に、ジェノベーゼなんて名前を付けたんでしょうね」

「諸説あってハッキリしないんだよね。ナポリにやって来たジェノヴァの料理人が作ったからだとか、この料理を考案した料理人がジェノベーゼって名前だったからだとか」

「こんな話もありますね……」

そう言って、ブルーノさんが解説をつけ加える。

「ジェノヴァ人、ケチで有名です。安いタマネギをたくさん使うケチの料理だから、ジェノベーゼと名前つけました」

あ、そうなんだ。ケチだっていう自覚はあるんだ……。

「ジェノベーゼほどバリエーションに富んだ料理もなくて、ナポリじゃどのレシピが良《い》いかで争いが起こるくらいだ。みんな、自分のレシピが一番だと信じているんだね」

「そんなに種類があるんですか？」

「それこそ、料理人の数だけある。牛肉の部位はどこがいいとか、牛だけじゃなくて豚も使うとか、何種類かの部位をブレンドしたほうが旨いとか、セロリを入れるだとか、ニンジンはどうだとか、トマトはどうだとか、赤ワインに限る、いや白ワインだとか……言い出したらきりがない」

「それ程のこだわりをもって、ナポリ人が愛している料理なんですね」

「あぁ、そういうことだ」

ジェノベーゼの謎も解けて、お腹《なか》もふくれて満ちたりた気分で一息ついた。

この後、マスターお手製のティラミスが振るまわれ、エスプレッソで締めとなった。

ブルーノさんは大満足の様子で、ずっと上機嫌だった。そして帰り際、萱代さんと別れの握手をかわしながら言った。

「あなたの作ったジェノベーゼ、とっても美味《おい》しかった」

「喜んでいただけたのなら良かった」

「昔、ナポリで同じ味を食べたことありますね」

その言葉を聞いて、萱代さんの表情がくもる。

「十年くらい前、ナポリのリストランテに腕の良い料理人がいると聞いて食べに行きました。そのとき食べたジェノベーゼ、今日と同じ味がしました。作った料理人、日本人だと聞いています。……萱代さん、十年前ナポリに居ましたか？」

ブルーノさんの話を苦々しい表情で聞いていた萱代さんは、ため息を一つついて肩をすくめた。

「人違いでしょう。ナポリなんて行ってないし、それに俺は料理人じゃない」

いぶかしげな表情で、ブルーノさんが見つめていた。萱代さんは素知らぬ顔で、視線をかわしている。

「……そうですか。本人がちがうと言うのなら、人ちがいでしょう。ナポリで食べたジェノベーゼ、とても美味しかった。でも、味の秘密わからない。ワタシの知らない味、隠し味が入ってました。十年間ずっと気になってる。今日のジェノベーゼ、同じ秘密ありました。料理の秘密、教えられないの解っています。でも知りたい。教えてくれませんか？」

祈りでもささげるかのように、胸の前で手をくんで懇願《こんがん》している。あまりに真剣に頼むものだから、萱代さんは困り顔だ。

やがて頭をかきながら、萱代さんが苦笑まじりに口を開いた。

「ナポリの料理人の隠し味が何だったのかは知りませんが、今日の隠し味はそんな大層なものじゃない。秘密でも何でもないですよ」

「それでは、教えていただけますか？」

期待に目を輝かせて、ブルーノさんが一歩前へと歩みでる。

「サルサ・ディ・ソイア。ナポリ料理としてはルール違反かもしれませんが、サルサ・ディ・ソイアを少しだけ……」

そう言いながら、萱代さんがいたずらっぽい笑顔をむける。

「なるほど。サルサ・ディ・ソイア……それはワタシには判らない。長年の謎が解けました。ありがとう萱代さん」

萱代さんと固く握手をかわすと、ブルーノさんは玻璃乃と一緒にお店を後にした。

スターヒルに、いつもの静寂がもどってくる。萱代さんはカウンターの席にすわると、マスターに珈琲《コーヒー》のお代わりをたのんだ。

「萱代さん。サルサ何とかって、どんな物なんですか？」

さっきから、ずっと気になっているのだ。今日の料理の隠し味とやらが。

「サルサ・ディ・ソイアね」

「それですよ、それ。教えてくださいよ」

「サルサはソースのことで、ソイアは大豆。もう解るだろ？」

「大豆のソースって……豆乳？」

「何でだよ！　醬油《しょうゆ》だろ」

めずらしく萱代さんから、玻璃乃ばりの激しいツッコミが飛んできた。

驚いた。まさか日本の調味料だとは思わなかった。だからブルーノさんには、何の味だか判らなかったという訳か。

「イタリア料理に、お醬油なんて使うんですね」

「普通は使わないね。お固く考えればルール違反だよ。でも、美味しくなるんだから良いんじゃないのかな。牛肉と醬油は相性が良いしね。伝統的なレシピに敬意をもって作るのであれば、ある程度の冒険は許されると思うよ」

言われてみればその通りだ。伝統的なレシピ意外は認めないのであれば、その料理はそれ以上の広がりを持つことはない。場所がかわり、素材がかわっても、受けつがれてきたレシピへの敬意をもって作るのであれば、それはイタリア料理たりえるのだろう。

たとえばナポリの食材と調味料を用いなければナポリ料理と呼べないのかと言われればそんなことはなくて、たとえ日本の食材と調味料を用いようとも、ナポリ人たちの精神と伝統を受けついで作るのであれば、それはきっとナポリ料理なのだ。

萱代さんがワタシにパスタを教えてくれるとき、材料や作り方だけを教えておしまいなんてことは絶対にない。その料理が生まれた背景や歴史、地元の人がどんな風に食べているか……そして食材一つ一つに対しても、その背景を教えてくれる。

きっと、料理を学ぶというのは、そういうことなのだ。何ヶ月もかけて、やっと解《わか》ってきた気がする。食は文化だ。当たり前すぎて深く考えることなんてなかったけど、やはり食は文化なのだ。長い時間をかけて人々が暮らしの中で形づくり、受けついできた歴史なのだ。きっと料理を学ぶということは……たとえばナポリの料理を学ぶということは、ナポリの歴史と文化を学ぶことに他ならないのだろう。

「どうしましょうか。例の……」

声をおさえて、マスターが何やら萱代さんに耳うちしている。

「あぁ、すっかり忘れてたよ」

「何を忘れてたんです？」

「あれ、聞こえちゃった？」

失敗したとでも言わんがばかりに、萱代さんが眉根を寄せる。

「今日はラグーまで出すつもりなかったから、重めのドルチェを用意してたんだよね」

「それじゃ、さっきのティラミスって……」

「予定を変更して、スターヒル名物のティラミスを食べてもらったって訳」

「えー、食べさせてくださいよ。その本命ドルチェ」

「さすがに、お腹一杯でしょ？」

「満腹ですけど、甘いものは別腹なんで大丈夫です！」

甘いものと聞いては、無理してでも食べたくなってしまう。

「そこまで言うなら用意するけど、本当に大丈夫？」

あきれたようにため息をつくと、萱代さんはマスターにドルチェを出すよう伝えた。

しばらくして運ばれてきたのは、握りこぶし大の丸い焼き菓子だった。たっぷりと粉砂糖がまぶされた菓子の真ん中がプックリと膨れていて、まるでUFOみたいだ。

「手づかみで、ガブッといっちゃって」

萱代さんに勧められるがままお菓子を手に取ると、シッカリとした硬さが指先に伝わってきた。まるでクッキーのような質感だ。大きく口を開けてかじりつく。ザックリとした歯ごたえ。中からクリームがあふれ出す。卵のコクと爽やかなレモンの香り……ザクザクとした生地とクリームのハーモニーが素晴らしい。噛《か》むたびに甘酸っぱいクリームの中で、小気味よく生地がくだけていく。

「美味しい！ 何ですかこのお菓子？」

「ジェノベーゼさ。シチリア島のエーリチェという街の名物ドルチェだ」

「へぇ！ これもジェノベーゼなんですか!?」

「そうだよ。レモン風味のカスタードクリームを、デュラム・セモリナ粉で作ったサブレで包んである。素朴な焼菓子だけど、なかなか旨《うま》いだろ？」

「美味しいです！」

お世辞でもなんでもなく、本当に美味しい。クリームの甘酸っぱさもさることながら、小麦とバターが香るサブレがたまらない。

「これってもしかして、萱代さんが作ったんですか？」

「そうだけど？」

「へぇ、お菓子も作るんですね！」

「本職にはかなわないけどね。簡単なものなら」

ふと、ブルーノさんが言っていた、ナポリの日本人料理人のことが頭をよぎる。十年前その料理人は、萱代さんと同じ味のジェノベーゼを作ったという。その料理人は、十年前の萱代さんなのだろうか。もしかして、料理修業のためにイタリアへ渡っていた？　だとすれば、イタリア料理への造詣《ぞうけい》の深さにも納得ができる。しかし、萱代さんはキッパリと否定していた。本人が違うと言うのだ。よけいな詮索なんて、しない方が良いに決まっている。

「シチリアのお菓子に、どうしてジェノベーゼなんて名前がついたんでしょうね」

「これも諸説あってはっきりしないんだよね。形がジェノヴァ兵の帽子にてるから……なんて説もあるけど」

「兵隊さんの帽子ですか……」

ジェノベーゼと名付けられた料理とお菓子。遠く離れたナポリとエーリチェで名前を付けられる程に、当時ジェノヴァの影響力は大きかった……そういうことなのだろう。

世界史なんて苦手だったし、イタリアの歴史なんてほとんど頭に入っちゃいないけど、食の面から学びなおしてみるのも、面白いんじゃないかな……そんな風に思う今日このごろなのだ。

第四幕　日曜お昼のボロネーゼ

吐く息が白い。オフィスに詰めっぱなしだったワタシにはお昼も寒かったのかどうか判《わか》らないけど、日が落ちてしまった今の方がきっと寒いんじゃないかと思う。

背中を丸めて家路を急ぐ。と言っても自分の部屋に帰る訳ではなく、お隣の部屋に……つまり萱代《かやしろ》さんの部屋にお邪魔することになっている。そう、今日はパスタを教えてもらう日なのだ。

エレベーターを降り、萱代さんの部屋のドアホンをならす。迎えてくれた萱代さんに続いて、部屋の中へとお邪魔した。

「もう少しで終わるから、ちょっと待ってて」

デスクに座りPCの画面をにらむ。どうやらまだ仕事中のようだ。

「萱代さん、萱代さん。ねぇ、萱代さんってば！」

「何だよ。待ってくれって言っただろ」

仕事中の萱代さんにウザ絡みして、煙たがられるところまでがテンプレートだ。

けれども今日のワタシは一味ちがう。テンプレをなぞっただけで終わったりはしない。

さすがの萱代さんも、これは予想してないはずだ。

「結婚してください！」

突然のプロポーズに視線を上げこそしたものの、やがて億劫《おっくう》だとばかりに視線をPCの画面にもどした。そしておもむろにつぶやく。

「断る」

待って！

あわてるとか、照れるとか、もうちょっとソレっぽい反応ができないものだろうか。

「乙女のプロポーズを断るって、どういう了見ですか！」

「くだらない冗談に付きあうほど暇じゃないんでね」

そりゃ半分くらいは冗談だけど、半分くらいは本気なのだ。いや、結婚してほしいって意味ではなくて、一日だけ婚約者を演じてほしい……って意味で。

「そんな風に断られたら、さすがに女としての自信をなくしますよ」

「自信があったとは驚きだね」

相変わらず憎たらしいことを言う……。

「自信も魅力も、あふれまくりですよ。ドバドバです」

「解った、解った。戯言《ざれごと》は後で聞くから。暇なら先週のおさらいでもしたら？」

萱代さんは約束を守って、パスタの作り方を教えてくれている。先週習ったパスタのおさらい……先週のパスタって何だっけ？　記憶の糸をたぐりながらキッチンへ向かう。

たしかトマトソースのヤツだ。味は思い出せるけど名前がでてこない。

「師匠。先週のパスタって、何て名前でしたっけ？　あのピリ辛のヤツ」

「カレッティエラ。あと、師匠って呼ぶな」

「はーい、師匠」

そう、パスタ・アッラ・カレッティエラだ。日本語にすれば馭者風《ぎょしゃふう》パスタ。その昔イタリアの馬車引きたちは、客待ちの合間にニンニクと唐辛子をきかせた刺激的なパスタで空腹を満たし、体を温めたらしい。

カレッティエラにはスパゲッティと合わせるか、ブカティーニという中空パスタと合わせるのが定番らしい。でも先週は、フェデリーニと合わせた。つまりフェデリーニ・アッラ・カレッティエラという訳だ。

フェデリーニはスパゲッティよりも細いから茹《ゆ》で時間がシビアだし、のびてしまうのも早い。もたもたしていたら、あっという間に食べ頃をすぎてしまうのだ。つまり、ワタシの手ぎわを鍛えるために、フェデリーニが選ばれたという訳だ。

「師匠、キッチン借りますね」

「どうぞご自由に……」

勝手しったる他人の家。鍋に湯を沸かして、まな板と包丁を準備する。ニンニクを潰して荒みじん切りにして、タマネギもみじん切りに。本来のレシピではタマネギは入れないそうだけど、少しだけ入れると甘みがくわわって美味《おい》しくなると師匠が言っていた……ような気がする。

仕上げに使うイタリアンパセリを刻みながら、昨夜の母の電話を思いだす。

着信を告げるスマートフォンの画面に母の名前を見たとき、悪い予感に無視しようかと思った。けれども何度もかけ直されてはたまらないと、覚悟を決めて緑色のアイコンをタップしたのだった。

「あ、百合《ゆり》ちゃん？　まだ再婚しないの？」

ほら、開口一番これである。

親子のあいだに堅くるしい挨拶なんて必要ないとは言うものの、いきなりデリケートな本題をブッ込んでくるのは如何《いかが》なものだろうか。

「もぉ、またその話？」

「早くしないと、いつまでも若くないのよ」

若くないと言われてしまえば、三十路《みそじ》が見えてきた身としては返す言葉がない。

いまどきの感覚から言えば、三十歳なんてまだ若い。しかしそんなのは、都会に住む人間の感覚だ。田舎で生まれ育った母からすれば、三十なんて完全な行きおくれなのだ。

田舎の結婚は早い。すでに小学生の子をもつ同級生だっている。地元の友達の結婚や出産情報は、逐一母が教えてくれる。まったくもって、要らぬ世話である。

「彼氏でもいれば、少しは安心なのにねぇ……」

電話の向こうで、ため息まじりに母がつぶやく。

何だ、彼氏がいるだけで安心してくれるのか。だったら話はかんたんだ。

「いるよ。彼氏」

ただし脳内彼氏だけどね……心の中でそっと付けたす。

二次元の彼氏だろうが妄想の彼氏だろうが、とにかく彼氏がいることにしておけば再婚を迫られることはないだろう。このままだと、見合いしろなんて話になりかねない。

「あら、いつの間に？」

「彼氏って言うか婚約者。だから再婚の心配なんて、しなくても大丈夫だよ」

「あらあら、まぁまぁ……」

嬉《うれ》しそうな母の声。どうやら、作戦成功のようだ。

「それじゃ、挨拶に伺わないとね」

あ、挨拶だと!?

母の言葉に、時が止まる気がした。

「ダメだよ！　そんなの早いって!!」

どうやって脳内の彼氏に引きあわせろというのか。

「どうして？　結婚の約束してるんでしょ？」

「時機をみて彼氏つれてそっちに帰るから。それまで待っててよ」

帰省をせかされるようなら、別れてしまったことにすればいい。とにかく今は、かせげるだけの時間をかせがなくては。

「じゃ、週末にそっち行くから。その時に紹介してね」

「週末っていつの!?」

「今週に決まってるじゃないの」

「こ、今週!?」

思わず声が裏がえってしまった。いくらなんでも早すぎる。

「と、遠いんだからさ。わざわざ出てこなくても大丈夫だよ」

「いいの、いいの。どうせお見合い写真もって行こうと思ってたとこだから」

お見合い写真……だと!?

そんなの彼氏の話が嘘《うそ》だとバレたら、お見合い直行コースじゃないか。母が持ってくるお見合いなんて、地元の縁談に決まっている。まずい、地元に連れ戻される！

「お見合いとか、何言ってるかなー。彼氏いるから、必要ないかなー」

「そうよね。じゃ、週末にそっち行くからね。彼氏にもよろしくね」

そう言うと母は、さっさと電話を切ってしまった。

気がつけば、鍋に沸く湯をぼんやりとながめていた。

いかん、いかん。母の電話を思いだして呆《ほう》けている場合じゃない。パスタを作っている最中なのだ。いまは目の前のパスタに集中しなくては！

沸騰した湯に塩を入れ、フェデリーニを茹ではじめる。スパゲッティよりも茹で時間が短いし、今回はアルデンテで上げたい。ここからは時間との闘いだ。

フライパンにオリーブオイルをたっぷりひいて、刻んだニンニクとタマネギを入れて火にかける。ペペロンチーノをちぎってフライパンに入れる頃には、キッチンに芳《こう》ばしいニンニクの香りが広がっていた。

冷蔵庫からトマトソースを取り出す。トマトソースと言っても、ホールのトマト缶をブレンダーでつぶしただけのものだ。

ニンニクが色づきはじめる頃合いで、フライパンに茹で汁を入れてさらにトマトソースを加える。オイルが爆《は》ぜてトマトが沸きたつ。香りだけじゃない、音まで美味しそうだ。

フツフツと沸く真っ赤なソースの端が、朱色がかってくれば完成だ。

ソースの完成と同時に、フェデリーニが茹であがる。我ながらいいタイミングでソースを仕上げることができた。フェデリーニを沸き立つソースの中へ。フライパンをあおってソースを絡める。火を止め刻んだイタリアンパセリと仕上げのオリーブオイルを振りかけ、もう一度フライパンをあおって全体をまとめる。温めておいた皿に盛りつければ完成だ。

「師匠、できましたよ。採点してください！」

「解《わか》った。いま行くよ」

急いでテーブルについた萱代さんが、フェデリーニをフォークに巻きつける。熱い物は熱いうちに。タイミングを逃すと美味しさが逃げてしまう。萱代さんの口癖だ。

「……意外だな。悪くない」

「やった！ 本当ですか⁉」

めずらしく好感触だ。ワタシもテーブルについてパスタを頬ばる。

我ながら、上手にできた！

トマトの酸味とタマネギの甘みのバランスも良《い》いし、辛さだってちょうど良い。フェデリーニの食感は、スパゲッティになれたワタシには不思議な感覚だ。スパゲッティと比べると歯ごたえは小さいのだけれど、プツプツと何本もの麺を噛《か》みちぎる感覚は細麵でしか味わえない美味しさだ。

「悪くないんだけどさ、あとは手ぎわの問題かな……」

きた。恐怖のダメ出しタイム。

タマネギの刻み方が均一でないため火のとおり方にムラがあること、そしてパスタに火がとおり過ぎていることを指摘された。良かった。今日の指摘はふたつだけだ。

「でも、ちゃんとアルデンテであげましたよ？」

スパゲッティは芯がなくなるまで茹できれという師匠だけど、フェデリーニは芯を残してアルデンテであげろという。

「その後の手ぎわだろうね。スパゲッティより火がとおりやすいから、手間どってたらあっという間に食べ頃をすぎてしまう」

「手ぎわ……ですか」

ソースをうまく絡めようと、四苦八苦したのが悪かったのだろうか。

「まだ考えながら作ってるでしょ」

「考えながら？」

「次にアレやって、次にコレやって……あ、アレやるの忘れてた！　みたいなやつ」

「そりゃそうですよ。自慢じゃないですけど必死なんですから」

「考えなくても、体が勝手に動くくらいじゃないとね。そうすれば、食材の状態を見る余裕だってでてくる」

「そんなの難しくないですか？」

「難しくないよ。結局は慣れなんだから。数を作るだけで解決する」

ごもっともなアドバイスだ。最近ようやく、プロとアマチュアの違いってこういう所なのかなと思うようになってきた。才能の違いだって、もちろんあると思う。でも、こなしている数が圧倒的に違うのだ。

なにげなく仕上げたように見えるパスタの一皿だって、その陰には何百、何千という積み重ねがあって、一皿つくるごとに一段だけ上達の階段を上ることができるのだろう。きっと近道みたいなものなんて、どこにもないのだと思う。

「物思いにふけってるところ悪いんだけどさ……」

パスタを食べ終わった萱代さんが、いぶかしげな表情でワタシを見つめていた。

「え、何です？　怒ってます？」

「いや、怒っちゃいないけど。さっきのアレ、何？」

「アレって？」

「結婚してってやつ」

パスタの仕上がりに気を良くして、すっかり忘れていた。そうだった。萱代さんに婚約者を演じてもらわなくてはいけないのだった。

「アレはその、何と言うか……週末に母が上京するんですよね」

母からの電話のことを、萱代さんに説明する。

週末に母が上京したら、ワタシの婚約者を演じてほしいとお願いしたのだけれど……予想通りと言うか何と言うか、迷惑そうな表情で断られてしまった。

「正直に言うべきだと思うけどね。婚約者どころか、恋人もいませんって」

それが言えないから困っているのだ。

「そんなことしたら地元でお見合いさせられて、田舎に強制送還ですよ」

「良いじゃん、田舎暮らし。あこがれるけどね」

あ、ダメだ。田舎で暮らしたことがない人のセリフだ。田舎で暮らす不便さと閉塞感を知らないから、あこがれだなんて気楽なことが言えるのだ。

「とにかくワタシは、田舎に帰りたくないんです！　協力してくださいよ」

「嫌だね。他をあたってくれ」

こんな風に言い切る萱代さんにどれだけ頼みこんだところで、意見をかえることとなんて絶対にない。それくらいのことは、これまでの付き合いの中で学習している。

「それにその日は、クライアントと会う約束があるからね。どのみち無理だな」

予定がかぶっているのなら、もうどうしようもないじゃないか。

「うーん、困ったなぁ……」

こうしてワタシの『お見合い回避大作戦』は、変更を余儀なくされたのであった。

◇

萱代さんに婚約者役を断られどうしたものかと悩んだあげく、思い切って左京寺《さきょうじ》くんにお願いすることにした。わたしの交友範囲なんてたいして広くないのだ。もう最後のたのみの綱と言ってもいい。

彼に婚約者役を頼むことは、正直に言えばためらわれた。「演じるだけじゃなくて本当に婚約してよ」なんて、いつもの調子で迫られてしまったら、お願いしている立場としては断りきる自信がないからだ。

かと言って他に頼めるような当てもなく、なかばヤケになってお願いをしてみたのだけれど、意外なことに左京寺くんから「婚約して」などと迫られることはなかった。その代わりになぜか、彼から助力を請われてしまった。

「手伝ってほしいことがあるんだけど……」

昼休みの会社の休憩室、深刻な表情で彼が言った。

お昼休みはいつも玻璃乃《はりの》と一緒に休憩室にあらわれる左京寺くんだけど、今日はひとりで姿をあらわした。これ幸いと婚約者を演じてほしい旨をお願いすると、交換条件として手伝いをたのまれたという訳だ。

「手伝うって……何を？」

「んーっと、尾行かな」

「び、尾行!? 誰を!?」

何がどうなったら、玻璃乃を尾行するなんて話になるのだろうか。

「話が穏やかじゃないんだけど、どうかしたの？」

「ここんとこ、姐さんの行動が怪しいんだよね」

いつも左京寺くんとのペアで行動している玻璃乃が、最近は一人で動くことが多いらしい。どうも隠れて人と会っているようだと、左京寺くんは言う。

「考え過ぎなんじゃないの？　営業なんだから、お客さんと会ったりするでしょ？」

「得意先の人だったら、僕に隠す必要もない訳だしさ」

「それもそっか。たしかに変だね」

「だから、尾行してみようかな……って訳」

でも後をつけたりして、そんなのが玻璃乃にバレたら……彼女の気性を知っている身としては、どんな目にあうのか想像することすら恐ろしい。

「大丈夫かな。玻璃乃って、怒ると恐《こわ》いじゃない？」

あの関西弁でまくし立てられると、反論どころか言い訳する気力すら失《う》せてしまう。そうなのだ、ワタシと玻璃乃の間で口喧嘩《くちげんか》なんて成立しない。一方的にワタシがなじられるだけで終わってしまうだろう。それは左京寺くんだって同じはずだ。

「やめとく？」

「姐《あね》さん」

「……うん。玻璃乃にも悪いしさ」

もちろん玻璃乃が恐いってのもある。けれどもそれ以上に、秘密にしていることを暴くだなんて、友達としてやってはいけないことだと思うのだ。

「それじゃ、婚約者を演じる話もナシで」

「やだ。困る。やる！」

ごめん、玻璃乃。地元に強制送還される訳にはいかないのだ。

左京寺くんによると、玻璃乃は興国《こうこく》ホテルラウンジで人とあう約束をしているらしい。玻璃乃に電話がかかってきたとき、いつもの調子で大声で応対するものだから、近くに居た左京寺くんにまで約束の時間と場所がもれ聞こえてきたのだそうだ。そう、玻璃乃の電話の声はけっこう大きい。

「興国ホテルって、駅前のお高いホテルだよね」

あのホテルのラウンジ、たしか珈琲《コーヒー》一杯が二千円ぐらいしてた気がする。あんなバカ高い珈琲を飲む人なんて居るのだろうかと、通りかかるたびに冷やかし半分に覗《のぞ》いてみるのだけれど、けっこう人が入っているのだから驚きだ。

「そんなトコに何の用事なのかな……玻璃乃」

問われて左京寺くんは、腕を組んで宙を見あげる。しばらく思案していたけれど、やがておもむろに口を開く。

「転職活動……とか？」

「え、玻璃乃やめちゃうの!?」

「予想だけどね。これまでも何度か引きぬきの話があったみたいだし、もしかしたら……って感じかな」

「でも玻璃乃、そんな話にのったりしないでしょ？」

「だからそれを、たしかめに行くんだよ」

こっそり後をつけたりせずに、玻璃乃に直接聞けばいいのに……とは思ったけれど、うまくはぐらかされてしまいそうな気がする。左京寺くんにしてみれば、バディーを組んでいる先輩が引きぬかれるかもしれないのだから、そりゃ気が気ではないだろう。

「解った。頑張って尾行しよう！　いつなの？　興国ホテルの約束ってのは」

「次の土曜日だね。お昼の二時に待ちあわせ」

「え、土曜!?」

「どうかした？」

タイミングが悪いというか何というか……こんな偶然ってあるのだろうか。

「その日だよ。お母さん来るの」

「え？　まさかでしょ!?」

母と土曜の午後に会う約束をしている。

「しかも母が泊まるの……興国ホテル」

「そんな偶然……ある!?」

左京寺くんが大げさに天をあおいで肩をすくめた。

重なるときには重なる……世の中は、そんな風にできているらしい。

◇

この空間にいるすべての人の立ちふるまいが、何だかとても優雅に見える。まるで時の流れまでもが、ゆるやかになってしまったかのようだ。

そんな優雅な人たちの中で、ワタシだけが浮いているんじゃないかと心配になってしまう。こんな空間で優雅に珈琲をすする胆力なんて、どこをどう絞ってもでてこない。心地よく流れるクラッシックの調べはもちろん、周囲の人たちの談笑までもが上品に響き、その響きをどうしても居心地悪く感じてしまうのだ。

そう、左京寺くんとワタシは、興国ホテルのラウンジで一杯二千円の珈琲を飲んでいる。玻璃乃が待ち合わせをしている午後二時まで、まだ三〇分以上ある。それなのにすでに玻璃乃はラウンジにいて、何やら書類に目をとおしているようだった。

見つからないようにこっそりと、ほどよく離れた席を確保した。この席なら会話は聞こえないまでも、遠目に玻璃乃の様子をうかがうことができるだろう。

「こんなに早くきてるなんて、玻璃乃も気合が入ってるね」

「姐さんはいつもそうだよ。絶対に相手を待たせたりしないから」

「そ、そうなんだ……」

いつも待たせてばかりのワタシとしては、信じがたい話だ。

「休日なのにスーツ着てるね。やっぱり仕事関係かな」

このラウンジでヘッドハンティング会社の担当者と会うんじゃないかというのが、左京寺くんの予想だ。

「僕もスーツだけどね」

「あ、そうだった。ごめんね、気を使わせちゃって」

婚約者としてうちの母に会うのだから、失礼のない格好で……ということで、スーツ姿の左京寺くんなのだ。

それに引き換えワタシときたら、そりゃホテルのラウンジに行くんだから小綺麗《こぎれい》な格好はしてきたのだけれど、左京寺くんと比べればだいぶカジュアルだ。母に会うために、めかしこむ必要はないって思ってしまったのが敗因か。実はこれも、居心地の悪さを感じている一因だったりする。

「お母さんとの待ち合わせも二時だっけ？」

そう、母との待ち合わせも、玻璃乃の時間に合わせたのだ。

「ホテルの近くまで来てるってメッセあったから、もうすぐ来るんじゃないかな」

玻璃乃の尾行と母への婚約者紹介を、同時にこなしてしまおうというのが本日のミッションだ。かなりのミッション・インポッシブルだということも、緊張に拍車をかけている。

「なんだか緊張してきたな……」

左京寺くんが、肩をすくめて身をふるわせる。

「大丈夫だよ。そんなに緊張しなくても」

「だって婚約者のお母さんに会うんだよ？　緊張するでしょ」

え、婚約者って……演技だよね？　役作りに入ってるだけだよね!?

「百合ちゃん、子供は何人ほしい？」

でた、左京寺スマイル。

会社の女性陣を悩殺するこの笑顔を見るたびに、何だか左京寺くんのことが信じられなくなってしまう。モテる男性は苦手だ。だからといって、モテない男性が好きかと問われると、決してそうではないのだけれど。

「そうねぇ。三人も居れば、にぎやかで良《い》いかしら」

不意に背後から、なつかしい声がきこえた。

「お母さん！　いきなり割り込まないでよね」

席を立って振り返ると、そこには着物姿の母の姿があった。

「百合ちゃん、久しぶりね。元気にしてた？」

母がひらひらと手をふっている。

「どうして着物で来るかな……」

この着物、見覚えがある。母が大事にしている加賀《かが》友禅の訪問着だ。たしか祖母から譲りうけた着物のはずだ。

「こんな時でもないと、着る機会がないでしょ？」

「えー、堅苦しいよ」

もう二年近く母の顔を見ていなかったのではないだろうか。最近は正月くらいしか帰省しなくなってしまった。それなのに今年の正月は、帰ることができなかったし。

少し痩せたように見える。いや、老けたのだろうか……。もう還暦がちかいはずだ。すこし会ってないだけなのに、何だか一回り小さくなってしまったように感じる。

「そんなことより百合ちゃん、彼氏さん紹介して」

そうだった。なつかしさについ、左京寺くんの存在を忘れていた。

振りかえると彼は、直立不動のままで待ちかまえていた。申し訳なく思いながら母に紹介する。彼は深々と母に頭をさげた。

「初めまして。左京寺と申します。どうぞよろしくお願いします」

そして緊張した面持ちからの左京寺スマイル……。あ、なんか母に刺さったみたいだ。母の肘が脇腹をつつく。そして、そっと耳打ちをする。

「どこで見つけてきたの、こんなイケメン」

我が母ながら、いきなり下世話だ……。

挨拶をすまして、三人で席についた。ワタシは左京寺くんと並んで、玻璃乃の席に背を向けた位置にすわった。玻璃乃がワタシたちに気づいてしまう危険を、少しでも減らしたいからだ。

席につくとき、チラリと玻璃乃の席をぬすみ見る。年配の男性と、挨拶をかわしているようだ。あのおじさんが、ヘッドハンターなのだろうか。きちんとしたスーツ姿で、いかにもビジネスマンって感じがする。

「どうしたの？　後ろに何かあるの？」

不意に指摘され、ギクリとする。

ぼんやりしている風なのに、見るとこ見てるからあなどれない。

「し、知り合いかなって思ったけど、違ったみたい」

「あら、向こうの席の方《かた》？　たしかめてきたら？」

「いいのいいの。本当に勘違いだから」

たしかめになんか行けるはずがない。玻璃乃と顔を合わせる訳にはいかないのだ。

「百合ちゃん、こんなに素敵な婚約者がいるなら、早く紹介してくれればいいのに」

母が左京寺くんを見やると、彼はゆっくりと口を開いた。

「百合子さんとは、結婚を前提として真面目にお付き合いしております。折を見て、ご実家にもご挨拶に伺いたいと……」

誠実さがみなぎる左京寺くんの言葉を、母がさえぎる。

「堅い、堅い。そんなに緊張しなくてもいいのよ。取って食いやしないわ」

「は、はい……」

「左京寺さんでしたっけ？　いつも百合子がお世話になってます」

「そんな、お世話になっているのは僕の方で……」

「誰に似たのかしらないけど、昔からズボラな子でね。それでも私にとっては可愛《かわい》い娘なの。迷惑ばかりかけると思うけど、この子のことよろしくお願いしますね」

「もちろんです！」

さすがは左京寺くん。はやくも母からの好印象を勝ち取ったようだ。

別れた旦那を、はじめて母に紹介したときとは大違いだ。あのときは露骨に値ぶみする母の視線に元旦那も不機嫌になるし、本当に生きた心地がしなかったものだ。

「堅い挨拶はこれくらいにして、二人の馴《な》れそめでも聞かせてくれない？」

「やめてよ、お母さん……」

二人の関係を、根ほり葉ほり聞きだすつもりだ。前の旦那のときもそうだった。これは母流の品定めなのだ。前は二人の関係をアレやコレやと聞きだしたあげく「この方との結婚は考え直したほうが良いわね」と言いはなった。もちろん本人の前でだ。何とかその場をとりつくろったけれど、あの凍《い》てついた空気を思いすだけで胃がいたくなってしまう。

「あら、聞かれて困るような関係なの？」

「そういう訳じゃないけど……」

母から二人の関係やエピソードをたくさん聞かれるかもしれないってことは、前もって左京寺くんに伝えてある。受けこたえの内容も、きちんと二人で考えてあるのだ。準備万端ととのえたけれど……なぜか不安しかない。

「僕たち、同じ会社の同僚なんですよ。同じ部署にいて、僕は営業をやってるんですけど、百合子さんは営業事務で、仕事でも助けてもらっているんです」

笑顔で左京寺くんが話し始める。さすがに肝がすわっている。成績トップをひた走る営業マンは、これくらいのことでは動じないらしい。

左京寺くんの話術と笑顔に助けられて、三人の時間はなごやかな雰囲気ですぎていった。会社での二人のこと、休日の過ごし方、ドライブデートの話などなど……婚約者を演じているだけなのだから、もちろん嘘《うそ》や誤魔化しだって交じっている。けれどもそんなことを感じさせないほど、左京寺くんの語りはなめらかで自然だ。

「百合子さんは、パスタが得意なんですよ」

「この子が料理だなんて、大丈夫なの？」

「ワタシだって料理くらい作れるよ」

「レトルトを温めただけ、なんて言わないわよね」

以前のワタシなら、たしかにレトルトや瓶詰めのソースですましていた。母の記憶には
その頃のイメージしかないのだから仕方がない……とは言うものの、ワタシだってちゃん
と料理くらいできるのだ。

「きちんとソースから作ってくれましたし、とっても美味《おい》しかったですよ。アマトリチャ
ーナ……だったかな。最初に作ってくれたパスタ」

そう言って左京寺くんがワタシを見やる。

「グアンチャーレとペコリーノのやつ？」

「そう。あれ、美味しかったよね！」

「あれくらいなら、お安い御用……かな」

左京寺くんが食べたアマトリチャーナは、ワタシじゃなくて萱代さんが作ったものだ。

師匠のパスタなんだから、美味しいに決まっている。

「そんなに美味しいのなら、私も食べてみたいわ。百合ちゃん、ご馳走《ちそう》してくれない？」

「いいよ。実家に帰ったときにでも作ろうか」

「そんなに待てる訳ないじゃない。今から百合ちゃんのお部屋に行きましょうよ」

無理に決まっている。あの散らかり放題の部屋を母が見たら……いや、想像するだけで恐ろしい。おっとりしている癖に、けっして怠慢《たいまん》や横着《おうちゃく》をゆるさない人なのだから。

「あら、どうして？」

「ちょっと都合が悪いって言うか……」

「どうせ部屋が散らかってるんでしょ。かまわないわよ」

母はともかく、左京寺くんにあの惨状を見せる訳にはいかない。助けを求めて彼を見やれば、覚悟を決めろとばかりに苦笑いをうかべていた。

そんな左京寺くんとワタシの無言のやり取りを見つめていた母は、短くため息をつくと一口だけ珈琲《コーヒー》を飲みくだした。そして淡々とした口調でつげる。

「左京寺さん。あなた、真面目でいい人ね。人当たりもいいしお話も楽しいわ」

「いえ、そんな事は……」

「でも茶番はもう結構よ。楽になさって」

茶番？　いま茶番って言った⁉

困惑した左京寺くんが、助けを求めて視線を送ってくる。けれどもワタシだって言葉の意味をはかりかねているのだ。もしかして、バレているんだろうか。いや、まさか……。

「ど、どういう意味でしょうか……」

「そのままの意味よ。婚約者のお芝居はもう結構。どうせ百合子が頼みでもしたんでしょうけど、付きあわせて悪かったわね」

ヤバい、バレてる！

どうしてバレたのだろうか。受け答えにおかしな所なんてなかったはずだ。

どうする、このますっとぼけてシラを切りとおすか。それとも正直に謝るか!?

「百合ちゃん」

「はい！」

母に名を呼ばれ、思わず背筋がのびる。

「こんな茶番で誤魔化せるとでも思ったの？」

ピシャリと言い切る。ダメだ。これ、すっとぼけが通じないやつだ……。

「ど、どうして解《わか》った……のかな？」

「そりゃ解ります。何年あなたの母親やってると思ってるの」

そんな理由でわかってしまうものなのだろうか。たしかなのは、母がすごく怒っているということだ。表面的にはそんな風に見えないのだけれど、こういう時の母はすごく怒っている。ワタシだって三十年近く母の子をやっているのだ。それくらいのことは解る。

「その……ごめんなさい」

「こんな事もあろうかと、お見合いの話を持ってきています。来月には一度、帰ってらっしゃいね」

「待って！　それは無理！」

まずい。このまま地元で嫁がせるつもりだ。

「何が無理なものですか。いつまでブラブラしてるつもりなの。お父さんと私が、どれだけ心配してるのか解ってるでしょ？」

「解ってるけど……でも……」

言葉をつぐことができなかった。

二人が心配してくれてることなんて解っている。それでも、ワタシは東京での生活を気に入っているのだ。たしかに離婚したばかりの頃は、実家に帰ろうと思ったこともある。けれども、いまはもうこの場所での生活に馴染《なじ》んでいる。離れがたく思うほどに馴染んでいるのだ。

その思いを説明しようと思ったけれど、母の気持ちを思うと言葉がでてこなかった。もどかしい思いだけが胸の中で渦まいて、涙がこぼれてしまいそうだ。

「百合ちゃん、大丈夫？」

心配そうな表情で、左京寺くんがささやく。

やめて。優しい言葉なんかかけられたら、本当に泣いてしまう。こぼれ落ちそうな涙を抑えようと、バッグの中のハンカチをさぐった。

聞きおぼえのある声がワタシの名を呼んだのは、そんな時だった。

「あれ、宇久田《うくた》さん。何してるの、こんな所で」

声の方を見やれば、萱代さんと季里《きり》さんの姿があった。

「し、師匠!? それに季里さんも」

「左京寺くんまでいるんだ。久しぶりだね」

驚いて涙も止まってしまった……なんてことはなく、萱代さんを見上げた瞬間、涙がこぼれて頬をつたった。気づいた季里さんが、あわてて師匠を肘でつつく。師匠はいつもの調子で「何だよ」なんてボヤきながら、季里さんをにらんでいた。

「百合ちゃん、こちらは？」

母の言葉に、あわてて二人を紹介する。

「萱代さん、どうしてここに？」

涙声になりそうなのをこらえて訊《き》いた。

「仕事だよ。今日はクライアントと会うって言ってただろ」

「それは聞いてましたけど、興国ホテルでだなんて聞いてませんよ」

「だろうね。言ってないし」

相変わらず憎たらしい切りかえしだ。

「ビックリするじゃないですか。教えておいてくれたって……」

「いや、宇久田さんこそ、このホテルに居るだなんて聞いてないよ」

「でしょうね。言ってませんし」

いつものやり取り。安心する。さっきまでの胸のつっかえが、消えていくみたいだ。

「立ち話も何だし、一緒にお茶でもいかが？」

母の提案にのりそうな萱代さんを、季里さんがふたたび肘でつく。迷惑そうに眉根を寄せる萱代さんを、「邪魔しちゃダメでしょ」とばかりに季里さんがにらんだ。

「えっと……。お邪魔でしょうから、俺たちはこの辺で……」

「邪魔だなんてそんな。ねぇ、百合ちゃん」

いきなり話をふられて戸惑ったけど、人が増えて話題が散った方が母も怒りを忘れようというもの。何としても、萱代さんと季里さんを引き止めなくてはならない！

「そうですよ、師匠。せっかくなんだしお茶しましょうよ。ね、季里さんも」

先ほどの空気にいたたまれなくなったのか、左京寺くんまでもが引きとめに加わる。

「あっちの六人がけの席が空いてますよ。ほら、お店の人呼んで移りましょうよ」

「あー、いや、でも、仕事が残ってるから……」

「打ち合わせはもう終わったんでしょ？」

隣で笑顔を張りつかせたまま、季里さんが萱代さんの背中をつねる。「何すんだよ！」「帰るわよ！」「解ってるって！」小声でやり合う二人だけどすべて筒ぬけだ。

「打ち合わせは終わったんだけど、急ぎの案件があって……」

「そんなの、お茶してからでも良《い》いじゃないですか！ ほら、行きましょうよ」

バッグを持って無理やり六人がけの席に移動しようとした時だった。またもや聞きおぼえのある声がラウンジに響いた。

「みなさんおそろいで。えらい賑《にぎ》やかやな」

あわてて振りかえると、そこには腕をくんで仁王だちする玻璃乃の姿があった。

「左京寺、百合子、話あんねんけど」

声が怒ってる……。

もしかして尾行してたこと、玻璃乃にバレてる⁉

◇

朝っぱらから萱代さんの部屋にお邪魔するだなんて、初めてのことじゃないだろうか。

いやまて、いちばん最初に鼻血をだしてお邪魔したのが朝だったか……。

何にせよ、日曜の朝から身支度《みじたく》ととのえて部屋をでているだなんて、それ自体がワタシ的にはちょっとした奇跡だ。

「お皿の準備、五人分でいいんでしたっけ？」

「六人だろ。何で減ってるんだよ」

招待した人を数えなおしてみる。玻璃乃、左京寺くん、季里さん、そしてワタシの母。萱代さんも居るから……ほら、やっぱり五人じゃないか。

「やっぱり五人ですよ。何で六人分なんです？」

「自分を数えるの、忘れてない？」

「あっ！　忘れてる……」

キッチンに立つ萱代さんはあきれた様子で、返事すらかえってこなかった。

昨日の午後、興国ホテルで鉢あわせしたワタシたち六人は、そのままラウンジで同じテーブルを囲むことになった。

あんなに怒っていた母がみんなと合流してからは上機嫌で、玻璃乃や季里さん、そして萱代さんとも初対面とは思えないほど親しげに会話を楽しんでいた。

玻璃乃のヘッドハンティングの話、あれは左京寺くんとワタシの早とちりだったようだ。けれども玻璃乃が隠れて人と会っていたのは本当のことで、取引先の偉い人からお見合いを勧められていたらしい。お相手が取引先の人とはいえ、お見合いを勧められていることを知られたくなくて、左京寺くんには内緒にしていたのだそうだ。昨日はお見合い話を断るために、待ち合わせをしていたのだという。

しかし玻璃乃とワタシ、奇《く》しくも二人そろってお見合い話が降ってきたのだから驚きだ。

やはり偶然というものは、重なるときは重なるものらしい。

玻璃乃が引き抜きにあっているのではないと知って、喜んだのは左京寺くんだ。うれし涙を流さんばかりの勢いで、喜びをあらわにしていた。でも、当然のごとく玻璃乃から「こそこそ後つけたりすんなや！」とこっぴどく怒られていた……と言うか、ワタシも怒られた。どうやらラウンジに到着したときから、ワタシたちは気づかれていたらしい。

そんなこんなで六人はラウンジでおおいに盛りあがってしまい、あまりに意気投合したものだから河岸《かし》をかえて夕食でも……なんて話になった。けれども急ぎの案件を抱えている萱代さんは帰らなくてはならなくて、夕食の話はお流れになってしまった。そこで代わりに師匠が提案したのが、今日の昼食会という訳だ。

ホームパーティー形式で、萱代さんがみんなを招くことになった。そしてなぜかワタシが、お手伝いに駆りだされている。これはまぁ、母が言いだしたことだ。娘が迷惑をかけているようだから、せめてものお詫《わ》びに使ってやってくれと。おかげで日曜だというのに、朝っぱらから師匠の部屋で準備に追われている。

「食器だしましたよ。次は何をすれば？」

「パスタのソースを仕込んでもらおうかな」

「え、ワタシが⁉」

「お母さんも、君の作ったパスタを食べたいって言ってたじゃないか」

「言ってましたけど……」

「今日のパスタはラグーソースにするから、今から仕込んでちょうどだな」

「ラグーってたしか、煮込み料理ですよね？」

ブルーノさんに振るまった、ジェノベーゼを思いだす。ラグー・アッラ・ジェノベーゼ……つまり、ジェノヴァ風煮込《にこ》み。牛すね肉とタマネギを、じっくり煮込んだ料理だった。

「今日もジェノベーゼですか？」

「いや、こういう時にピッタリのラグーがあるんだよ」

そう言って師匠は、冷蔵庫から大量のひき肉を取りだした。

「せっかくだからたくさん仕込んで、あまったら冷凍しておこう」

「いいですねぇ。ワタシにも分けてくださいね」

「いいけど……。そういえば今日のラグーソース、同じやつが冷凍庫にストックしてあったはずなんだけど、見当たらないんだよね。知らない？」

そんなの、ワタシが知る訳がない。

「どんな感じのソースなんです？」

「解りやすく言うなら、ミートソースみたいな感じかな」

ミートソースと聞けば、思い当たる節《ふし》がある。ブルーノさんにふるまうペストを分けてもらったとき、ついでに内緒でもって帰ったソースのことではないだろうか。たしかうちの冷凍庫に放りこんだけど……そんなのとっくに食べつくしている。

「し、知らないですねぇ。へぇ、ミートソースなんてあったんだぁ」

「……何か怪しいな」

いぶかしげな表情で、師匠が見つめている。ヤバい、バレたか!?

視線に耐えきれず目をそらしたとき、不意にドアホンの音が来客をつげた。師匠の注意はドアホンにむかい、とりあえずの難をのがれることができた。

「解錠しますね。部屋の場所は判《わか》りますか？ そう、隣です」

萱代さんがエントランスのオートロックを開ける。

「宅配便ですか？」

「いや。お母さん来られたよ」

「え、早くないですか!?」

十二時スタートのホームパーティーに、九時から乗り込んでくるってのは、いかがなものだろうか。「早めに来ちゃった、てへ」なんて言うにはあまりにも早すぎる。

そうこうしているうちに、玄関のドアホンがなった。萱代さんに迎え入れられた母は和装ではなく、濃いベージュのワンピースに同系色のショールを合わせたいでたちだった。てっきりまた着物で来るものだと思っていたから、意表をつかれた思いだ。

母のコートをあずかり、ダイニングテーブルへと案内する。

「百合ちゃんがお料理しているところ、どうしても見てみたくって」

「来るの早くない？」

「むかえる側の都合もあるんだからね。三時間前は早すぎるよ」

「あら。萱代さんには了解もらってるけど？」

その言葉に師匠をみやれば、素知らぬ顔でひき肉をボウルに移しかえていた。

「師匠、聞いてませんよ……」

「だろうね。言ってないし」

相変わらず憎たらしい受けこたえだけど、さっきの冷凍ソース消失事件がウヤムヤになったのだからよしとしよう。

「さぁ、勝手にソースを持っていった分、きちんと働いてくれ」

げっ！　ウヤムヤになんてなってなかった!!

仕方なくエプロンをつけてキッチンにはいる。

「ソースを作るんでしたっけ。何をすれば？」

「まずは、ソフリット作りだな」

「何です？　ソフリットって」

いぶかしげな萱代さんの視線がいたい。

「教えてなかったっけ？」

「記憶にございません。はい」

萱代さんによると、ソフリットってのは香味野菜をじっくりと炒《いた》めたもので、ラグーの味のベースになるらしい。

「まずは、タマネギ、ニンジン、セロリをみじん切りにして」

「了解しました。楽勝です！」

とは言ってみたものの、みじん切りは苦手だ。さすがに半年前のおぼつかない手つきと比べればだいぶマシになったと言うものの、師匠のようにリズミカルに包丁の音を響かせるにはまだとおい。

皮をむいた半切りのタマネギに、クシのように切れ目をいれていく。続いて水平に、これまた根本まで刃をいれないように切れ目を入れる。切れ目と直角に刻んでいけば、あっという間にみじん切りのできあがりだ。飛沫《ひまつ》が目にしみて涙を流しながら、二個のタマネギを刻みきった。

「タマネギできましたよ」

「その調子で、ほかの食材もカットよろしく」

ひき肉に塩を振りかけながら萱代さんが言った。続いてコショウ、そしてナツメグを振りかけ混ぜあわせていく。

「あのですね……」

「ニンジンって、どうやってみじん切りにするんです？」

そんなに驚いた顔をしないでほしい。いままで作ってきたパスタには、ニンジンを使うレシピなんてなかったのだ。切り方なんて、知っているハズがない。

「教えてなかったっけ？」

「記憶にございません。はい」

仕方ないなとばかりに、萱代さんがワタシの隣にたって手本をみせてくれる。一本のニンジンが、あっという間にみじん切りの山へと姿をかえた。

え、速くない？　しかもきれいな立方体。粒の大きさがそろっている。

「速すぎて、何やってるか解《わか》りませんでした！」

「冗談言ってないで、もう一本も刻んで。セロリも同じ方法でみじん切りにできるから。葉の部分は他の料理で使うからとっておいてね」

冗談を言ったつもりなんて、ないのだけれど……。

ニンジンは硬くて手間どったけど、何とか一本刻みおえた。タマネギと違って、目にしみないから助かる。セロリをどう刻んだものかと吟味しているとき、カウンターキッチンの向こうから投げかけられる母の視線に気がついた。

「どうしたの？　じっと見ちゃって」

「どうかした？」

「包丁使えるようになったんだな……って思ってね」

「そりゃ、使えますって。包丁くらい」

「料理を教えてくれって言って、帰ってきたことあったじゃない？」

「あぁ、結婚前の……」

料理なんてまともにしたことがなかったものだから、結婚前にあわてて教えてもらった。母から教わったのは、ご飯の炊き方とか、お味噌汁《みそしる》の作り方とか、基本的なことだ。

「あのときはまだ、包丁を持つ手が危なっかしくてねぇ」

「まともに包丁持つの、初めてだったから」

「小さな頃から料理を教えてあげればよかったって、反省してたのよ」

「でも、ほら、ワタシ料理に興味なかったし」

食べることには大いに興味があったのだけれど、なぜだか自分で作りたいと思うことはなかった。いや、逆に手を出してはいけないものだと思っていたのかもしれない。台所は母の聖域のように思っていたし、料理を作ることは母だけの特権のように思っていた。

だからだろうか、結婚することになってあわててしまったのは。自分も母のようにしなければならない、そう考えたのだと思う。ワタシの中で料理は『してはいけないこと』から急に『しなければならないこと』に変わってしまい、何とか結婚までに料理をおぼえようとあがいていた。

そんなあわただしいスタートではあったのだけれど、料理をすること自体は楽しかった気がする。母から教わったブリ大根が美味《おい》しくできたときなんか、飛びあがらんばかりに喜んでいたはずだ。

それなのに結婚した後は……いや、やめよう。もう終わったことだ。料理を嫌いになってしまった思い出なんて、振りかえったところで良《い》いことなんてない。

離婚を機に、料理をしなくなってしまったことを母は知っている。それだけに、ふたたび料理を始めたワタシに思うところがあるのだろう。

「お母さん、また料理教えてね」

母が目を丸くする。

そんなに驚かなくたって良いじゃないか。

「もちろんよ！　来月はかならず帰ってきなさいね」

母の声がはずむ。

来月の帰省はお見合いつきだから、適当に理由をつけて帰れないことにしようと思っていた。けれども、こんな約束をしてしまっては、すっぽかす訳にいかなくなった。こんなに嬉《うれ》しそうな母の顔を見てしまっては……。

「百合ちゃん、手がお留守よ」

母にたしなめられ、あわててセロリをみじん切りにする。

「師匠、終わりましたよ」

「ラードで……いや、バターで色づくまで炒めて」

そう言って師匠は、寸胴を指さした。

寸胴にバターをたっぷりと溶かし、タマネギ、ニンジン、セロリを炒めはじめる。

「弱火でじっくりでいいんですよね？」

訊《き》きながらふり返ると、萱代さんはワインセラーからボトルを取りだすところだった。

このキッチンには、小さな冷蔵庫みたいなワインセラーが設置されている。

「いいな、ワイン。ワタシも飲みます！」

「違うって。ラグーに使うんだよ」

そう言うと赤ワインの栓を抜いて、計量カップに注いだ。

お酒飲みながら料理するだなんて、どこかのユーチューバーみたいで楽しそうだと思ったけれど、目論見《もくろみ》がはずれてしまったようだ。

「味見させてくださいよ。素材の味を知っておくことも、大切だと思います」

「飲みたいだけだろ」

苦笑する萱代さんが、コップに少しだけワインを注いでガスレンジの端においた。

「えー。これだけ!?」

「味見には十分でしょ？」

「師匠のケチ！」

「酔っ払ってちゃ、まともに料理できないだろ。ラグーが完成するまで我慢だな」

「もうちょっとだけ！」

「ほら、手を止めてたら焦げるよ。休まないで混ぜる！」

そう言い残すとワインを冷蔵庫にしまい、萱代さんはワイングラス二脚を手にキッチンをでていってしまった。

「先にやってましょうか」

ダイニングテーブルに萱代さんがグラスをおくと、母はほほえみで応えた。

「ワインのお好み、ありますか？」

「百合子と同じの、いただけるかしら」

ワタシの手元のコップを、母が指さす。

「あれは、料理用に買った安いワインなんですよ。バローロやブルネッロも用意してますけど、いかがです？」

「いいのよ。美味しいのはみんなに飲ませてあげて」

師匠の困り顔を見るのも久しぶりだ。

「そうおっしゃるのなら、これで乾杯しましょうか」

ふたたび冷蔵庫からボトルを取りだすと、萱代さんは母と自らのグラスにそそいだ。

「あら、萱代さんは美味しいやつ飲めばいいのよ」

「お付き合いしますよ。このワインだって決してまずい訳じゃない」

「そう。じゃ、乾杯ね。ほら、百合ちゃんも」

二人はワイングラスを片手に、そしてワタシはコップに注がれたワインを片手にかかげて乾杯した。安いワインだと言っていたけど、フルーティーで飲みやすい。甘酸っぱい木の実みたいな香りが鼻にぬける。美味しいじゃないか。

「師匠、おかわりください」

「駄目だ。ラグーが仕上がるまで我慢」

「そんなぁ。師匠だって飲んでるじゃないですかぁ」

「ホストとして、ゲストのお相手をする義務があるからね。それにもう俺の仕込みは、ぜんぶ終わってるし」

「何かズルくないですか？」

ふくれっ面のワタシを見て、母が苦笑する。

「萱代さん、百合子はいつもこんな感じなの？」

「本当のことを教えても良いんですか？」

「もちろん。それが知りたいのよ」

「今日はまだマシな方ですね。目をはなすとすぐに楽に走りますから」

待って！　何という報告をしてるんだ。もうちょっとこう、遠まわしに言うとか、オブラートに包むとか、やりようがあるでしょうに。

「……へぇ。珍しいわね」

珍しい？

ワタシがぐうたらしてるのなんて、いつもの事じゃないか。萱代さんの報告になぜか楽しそうな母に疑問を感じながら、黙してソフリットを炒めつづけた。こういう時は、黙っているにかぎる。口をはさめばきっと、被害が拡大してしまうのだから。

そうこうしているうちにソフリットが色づきはじめ、芳《こう》ばしい匂いがただよう。

「そろそろ良いんじゃないかな？」

師匠の言葉に火をとめて時計を見れば、もう二〇分以上も炒めつづけていたようだ。香味野菜はいまや四分の一ほどに量をへらし、つややかなアメ色の姿が美味しそうだ。

「次は何を？」

「ひき肉をハンバーグ状にまとめて、焦げ目がつくまで焼こうか」

フライパンに油をひいてひき肉を焼き始めると、とたんに油がはぜる音と、肉が焼ける匂いがキッチンに広がる。

「師匠、ひき肉が多すぎて、フライパンに入りきりません！」

「二回に分けて焼けば良いだろ」

「あ、そっか」

あきれたように萱代さんが笑っている。

「不出来な娘でお恥ずかしいわ……」

そう言って母も苦笑している。すいませんね、出来が悪くて。

「両面にこげ目がついたら、木べらで突きくずして。細かくしすぎないようにね。小指の先くらいの塊になればいい」

ハンバーグ状の塊を木べらで両断すると、中から肉汁《にくじゅう》があふれだす。さらに崩していくと、沸きたつ肉汁の中で小さなハンバーグたちが踊りだした。

「焼けたら全部、ソフリットの鍋に移してくれ」

二回に分けてひき肉を焼いて、すべてを寸胴に移した。役目の終わったフライパンを流しに移そうとしたとき、萱代さんから待ったがかかる。

「フライパンに赤ワインを入れて火にかけて」

「え、どうしてです？」

「フライパンに旨《うま》みが残っているからね。捨てるにはもったいない」

「それでワインでこそげて……」

「そう。ぜんぶ鍋に入れてくれ」

フライパンに残る旨みを赤ワインにうつし、ひき肉とソフリットが入った寸胴に加える。

さらにホールトマトの水煮と、ローリエを加えて火にかける。全体をざっくりと混ぜあわせて、塩を少しだけ……。

「弱火で二〇分くらい煮込んで、味を調えれば完成だな」

煮込んで水分が減ったあとに、塩で味を調えるのだそうだ。塩がききすぎると取り返しがきかないから慎重にと、萱代さんから釘《くぎ》をさされた。

「ところで師匠。この料理、何て名前なんです？」

「教えてなかったっけ？」

「記憶にございません。はい」

「ラグー・アッラ・ボロネーゼ。ボローニャ風煮込みだよ」

　集合時間のちょうど一〇分前にドアホンを鳴らしたのは、玻璃乃と左京寺くんだった。おそらく早くから近くまで来て、どこかで時間を調整していたのだろう。二人そろって現れたのは、出むかえの手間を減らす意図だろうか。玻璃乃の気づかいには、いつも感心させられる。

　反対におくれて登場したのが季里さんだ。萱代さんの「どうせ一〇分おくれで来るから先に始めようぜ」との言葉どおり、きっちり一〇分おくれで登場してみんなの笑いをかっていた。到着早々笑いのネタになった季里さんは不思議顔で席につくと、駆けつけ三杯とばかりにつがれたワインを「解《げ》せぬ……」とつぶやいて飲みほしていた。

テーブルには萱代さんお手製の前菜《アンティパスト》が並び、みんなが思い思いに手をのばしている。生ハムやサラミそしてチーズが盛られたプレートは圧巻で、迫力ある盛り付けがみんなの目まで楽しませている。他の料理に使うと言っていたセロリの葉は、タコのサラダに混ぜこまれていた。湯どおししたのだろうか、青臭さなどまるでなく清涼感あふれる香りがサラダに華をそえている。

数ある料理の中でもワタシが気に入ったのは、萱代さんがたわむれに『カブのカルパッチョ』と呼んでいたサラダだ。塩もみした薄切りのカブに、黒コショウとオリーブオイル、そして摺《す》りおろしたパルミジャーノをかけただけのシンプルなサラダ。でもこれが、抜群に美味しいのだ。

そんな素敵な料理の数々を、みんなにサーブする合間にキッチンでいただいた。料理を準備しながらなので忙しくはあるのだけれど、やっているうちに楽しくなってしまい、キッチン側というのも悪くないものだ……なんて思いながら作りつづけた。いや、作ったのは萱代さんで、ワタシはお手伝いしていただけなんだけど。

「みんな美味しそうに食べてくれて、何だか嬉しいですね」

そう伝えると、ニヤけた表情が萱代さんからかえってきた。「やっと君にも理解できたか」とでも言わんばかりの表情だ。

前菜《アンティパスト》がおわれば、残るは二品だ。一品はワタシが仕込んだボロネーゼ、もう一品は萱代さんがアクアパッツァを作るらしい。コース料理であれば、第一の皿《プリモ・ピアット》としてボロネーゼを、第二の皿《セコンド・ピアット》としてアクアパッツァを出すのが定石だ。

「先にアクアパッツァいくか」

萱代さんが冷蔵庫から立派な真鯛《まだい》を取りだすと、みんなから歓声があがった。

「パスタが先じゃないんですか?」

「今日のメインは君のパスタだからね。俺のはすべて君の前座だよ」

「そんなの、聞いてませんよ!」

「だろうね。言ってないし」

下処理をすませた真鯛を、一尾まるごとフライパンにのせて焼き目をつける。そして、アサリ、ドライトマト、オリーブを加え、白ワインと水で一気に炊きあげる……いつも通りの見事な手際に、思わず見ほれてしまう。

大皿に盛りつけて、刻んだイタリアンパセリをちらす。テーブルに運ぶのは、ワタシの役目だ。美味《おい》しそうな湯気をたてる桜色の真鯛をサーブすると、またもやみんなから歓声があがった。

メイン料理の登場に、会話もさらに盛り上がる。母も以前からの知りあいであるかのように、親しげに会話を楽しんでいる。共通の知りあいといえばワタシなのだから、おのずとワタシの話題……つまり、ワタシの負の武勇伝とか黒歴史のような話が飛びかうことになり、流れ弾が胸を撃ちぬいていくから心が痛い。けれどもワタシのくだらない話が酒《さけ》の肴《さかな》になるのであれば、この痛みも甘んじて受け入れようと思う。

「我が子が一気に増えた気分だわ！」

こんなに楽しそうに笑う母を見るのは、久しぶりのことだ。

「実の娘のことも、忘れないでね」

「あら、百合ちゃん。いたのね」

「皆様のために、頑張ってお料理しております」

単なる軽口ではない。さっきまではお手伝いばかりだったけど、今はもうワタシの作ったラグーソースのパスタを食べてもらうために準備中なのだ。パスタをゆでるために鍋を火にかけ、仕込んでおいたソースの準備もおこたりない。

萱代さんが用意していたのは、きしめんみたいに幅広で平らなパスタだった。しかも乾燥じゃなくて生パスタだ。

「タリアテッレといって、ボロネーゼにはこいつを合わせるのが定番なんだ。軟質小麦と卵で作ったパスタだよ。軟質小麦ってのは、日本で言えば中力粉が近いかな」

粗挽《び》きのセモリナ粉……つまりデュラム・セモリナだけでパスタを打つのは、南イタリアの文化らしい。ボローニャあたりの北イタリアでは、軟質小麦と卵のパスタが主流なのだそうだ。今日も萱代さんの蘊蓄《うんちく》は絶好調だ。

「生麺みたいですけど……どうしたんですか、これ」

「どうしたって、手打ちしたんだよ」

「え、師匠が？　いつのまに⁉」

「今朝だよ。宇久田さんが来る前」

そう言うと萱代さんは、調理の指示を残してキッチンを出ていってしまった。生麺は乾燥パスタと違い二分くらいで茹《ゆ》であがり、湯の中で浮きあがれば茹であがりのサインらしい。まずは一皿を仕上げ、その後に三皿を仕上げろとのおおせだ。

キッチンを出た萱代さんがテーブルの向こうに立ち、みんなの注目を集める。

「料理は次のパスタが最後になります。今さらではありますが、今日の趣向を説明させてもらいましょうか」

一同、何が始まるのかと興味津々《きょうみしんしん》だ。

ワタシも興味津々ではあるのだけれど、パスタを作るという使命がある。話が始まると同時に、タリアテッレを茹ではじめる。

「お気づきかとは思いますが、今日の料理はイタリア料理です。なぜイタリアンを選んだのか、これにはちょっとした理由がありまして……」

そう言いながら、テーブルの四人をゆっくりと見まわす。

何だか萱代さん、レストランで料理の説明をするシェフみたいだ。

「イタリアには『プランツォ・デラ・ドメニカ』といって、日曜の昼食は家族そろって食べる風習があります。離れて暮らしている家族もあつまって、日曜のお昼には一緒にテーブルを囲むんですね。直訳すれば『日曜の昼食』という意味なんですけど、イタリア人にとっては『家族全員でとる大切な食事』という意味もあるんです」

萱代さんのご高説に聞きいりたいところではあるのだけれど、手をとめる訳にはいかない。師匠がキッチンを出るとき、「話をしている間に一皿仕上げてくれ」と言いのこしていったのだから……。

「今日は奇《く》しくも日曜日。俺たちは家族ではないけれど、縁あってこうして同じテーブルを囲んでいる。これって、ちょっとした奇跡だと思いませんか？　この奇跡を大切にしたくて、イタリアの風習にならった昼食会をもよおしました」

パスタの様子をうかがう。そろそろ茹であがりだろうか。

「この出会いの中心にいるのが、百合子さんです。彼女がこの六人を引き合わせたと言っても、過言ではないでしょう。その彼女が、プランツォ・デラ・ドメニカの定番ともいえるパスタを作っています」

作ってます、作ってますよぉ……。

フライパンで温めたソースの中に茹であがったばかりのタリアテッレをうつす。フライパンをあおって、パスタとソースをからめていく。

「プランツォ・デラ・ドメニカの定番料理といえば、ラグーソースのパスタです。今日は数あるラグーの中でも、肉の旨みを存分に楽しんでいただける料理を用意しました」

そう言いながら、萱代さんがゆっくりとカウンターへ近づいてくる。

「タリアテッレ・アル・ラグー・アッラ・ボロネーゼ……つまり、ボローニャ風煮込みのタリアテッレ」

タイミングはジャスト。今まさに盛りつけが終わり、パルミジャーノを削りかけたところだ。できあがったばかりの一皿を、カウンターにのせる。パスタの熱でパルミジャーノが溶けだして、とっても美味しそうだ。我ながら巧《うま》くできたのではないかと思う。

仕上がりを見て萱代さんは満足げにうなずくと、皿を手にして母の席へとサーブした。

「まずはお母さん。娘さんの手料理をどうぞ……」

目の前にサーブされたパスタを、母は驚きの表情で見つめている。

美味しいって言ってくれるだろうか……。

喜んでくれるだろうか……。

料理を食べてもらうのって、こんなに緊張することだったろうか。思わず調理の手がとまってしまう。

「さぁ、召し上がれ《ボナペティート》」

放心したように皿を見つめていた母が、萱代さんの言葉にうながされてパスタを口へとはこぶ。そして目を閉じ、ゆっくりと味わう。

「……美味しい」

つぶやくように母が言った。

「ほんと!?」

思わずガッツポーズをキメる。

「これ、本当に百合ちゃんが作ったの？」

「作るところ、見てたでしょうに」

「すごいわ、本当に美味しい……。期待以上よ！」

母の笑顔に、思わず涙がにじむ。

「百合ちゃん、早くみんなにも食べさせてあげて」

三人分のタリアテッレを茹であげて、ソースとからめる。萱代さんがサーブすると、みんな待ちかねたとばかりに慌ただしくフォークにパスタを巻いた。称賛の声を受けながらこそばゆい思いであと二皿、萱代さんと自分のパスタを仕上げた。

「みんなの所で食べておいで」

そう言って萱代さんが、キッチンを交代してくれた。

ワタシの席が用意され、パスタ片手に席につく。ソースの味見はしたけれども、タリアテッレと合わせたボロネーゼを食べるのは初めてだ。期待に胸を膨らませながら、フォークを口にはこぶ。

「え、ちょ！　何これ、美味しい!!」

玻璃乃から自画自賛だと笑われたけれど、本当に美味しいのだから仕方ない。これを自分が作っただなんて信じられない。

ソース自体の味わいもさることながら、タリアテッレとの相性が抜群にいい。生麵特有のクニュクニュとした食感が、肉のかみごたえと絶妙なハーモニーをかなでている。なるほどこれは、乾燥パスタでは味わうことのできない美味しさなのかもしれない。

冷凍庫から勝手に持ち帰ったソースよりも、こっちの方が美味しい気がする。風味の違いだろうか。肉のコクをふくらませるトマトの酸味、そして味を支えるじっくりと炒《いた》められた香味野菜……それと何だろう、もう一つ感じる甘やかな香りというかコクというか……。正解がわからず、萱代さんにたずねてみる。

「バターの甘みじゃないかな」

冷凍していたソースは、ラードで仕立てたソフリットを使っていたらしい。勝手にソースを持っていったワタシを驚かせようと、レシピを変えてバターで仕立てたらしい。

風味がいいのは、作りたてだからだそうだ。冷凍するとやはり、少し風味がおちるし食感も変わるものらしい。

「美味しいパスタ、作れただろ？」

萱代さんの言葉に、半年前の会話を思いだす。師匠にとんでもないカルボナーラを食べさせてしまい、どうして美味しく作れると勘違いしてしまったのかと落ちこむワタシに、萱代さんはワタシにも美味しく作れると言ってくれた。その言葉を信じて、今日まで頑張ってきたのだ。

みんなの称賛にふれて、はじめて自分でも美味しいパスタが作れるのだと思うことができた。そりゃ、萱代さんに言われたとおり作っただけだし、麺にいたっては師匠の作だ。それでもやっぱり嬉《うれ》しい。ワタシの料理でみんなが喜んでくれたことが、嬉しくてたまらないのだ。

パスタの後にはドルチェとエスプレッソが振るまわれ、会はお開きとなった。電車の時間がある母が、最初に部屋を後にする。身支度を整えて帰りぎわ、母がバッグから桐《きり》箱を取りだしてワタシに手わたした。

「小さい頃。お祖母《ばあ》ちゃんにねだって困らせてたでしょ」

細長い桐箱の中には、漆塗《うるしぬ》りのトップが付いたペンダントが収められていた。この桜の蒔絵《まきえ》には見憶《みおぼ》えがある。たしか祖母が大切にしていたものだ。

「そうだっけ。勝手につけて怒られたの、憶えてるかも」

「百合ちゃんにあげるわ」

「いいの？」

「お祖母ちゃんの形見なんだから大切にね。お祖父《じぃ》ちゃんからの贈り物だったそうよ」

どうりでいくらねだっても、譲ってくれなかったはずだ。今さらのように、申し訳ない気持ちになってしまう。

「お見合いは断っておくけど、来月には帰ってらっしゃいね」

「え？　お見合いしなくていいの⁇」

「その代わり百合ちゃんのパスタ、お父さんにも食べさせてあげて」

「いいけど……どうしたの？」

あれほど実家へ連れ帰ろうとしていた母が、手のひらを返したようにお見合いしなくていいだなんて……逆に不安になってしまう。

「こっちでちゃんと頑張ってるんだって判《わか》ったし、それに……」

「それに？」

言葉を切った母は、萱代さんの前へとすすむ。

「百合子のこと、どうぞよろしくお願いします」

突然のように頭をさげられ、萱代さんがうろたえている。

「みなさんも、百合子のことよろしくお願いしますね」

母がもう一度、みんなに向かって頭をさげる。

「お母さん！　やめてよね、子供じゃないんだから……」

あわてふためくワタシの姿は、みんなの失笑をかってしまった。

「楽しかったわ！　みんな、今度はうちに遊びにきてね。歓迎する！」

そう言い残して母は部屋を後にした。

程なくして玻璃乃と左京寺くん、そして季里さんも帰ってしまい、部屋には萱代さんとワタシだけが残された。

「……いいパーティーでしたね」

「パスタが無事に仕上がるか、気が気じゃなかったけどね」

「美味《おい》しくできてたじゃないですか」

「ギリギリ合格点ってトコだな」

相変わらず採点がきびしい。

「さぁ、お片付けしましょうか」

「少し休んだら？　疲れただろ」

そう言って萱代さんは、ワインをグラスに注いでくれた。向かいあってテーブルにすわりグラスを合わせる。

「酒のんでる暇もなかっただろ？」

「そりゃ、ねぇ。酔っ払って料理できなくなっても困りますし」

お酒を我慢してたこと、どうやら見すかされていたらしい。でもそれは、萱代さんだって同じことだ。お酒を楽しむ暇もなく、みんなをもてなしていた。

美味しいワインのせいなのか、それとも役目をはたして気がぬけたせいなのか……少し休憩するだけのつもりが、いつの間にかテーブルに突っ伏して眠っていた。

夢の中でもワタシはパスタを作っていて、萱代さんの部屋におし寄せる何百、何千という人たちのために必死でパスタを茹《ゆ》でつづけ、フライパンを振りつづけていた。

全員がワタシのパスタを称賛してくれて、それは日本人だけではなくてイタリア人とおぼしき外国人までもが「コンナ美味シイパスタ、ハジメテデース」と片言の日本語で絶賛してくれた。

かたわらで見守っている萱代さんまでもがワタシのパスタを褒めちぎるものだから、この辺りでどうやら夢を見ているらしいと気づいたのだけれど、心地のよい夢だったからこのまま醒《さ》めなければいいな……なんて思いながら、フライパンを振りつづけた。

第五幕　花冷えのヴォンゴレ・ビアンコ

今日みたいな天気のことを、小春日和《こはるびより》と言うのだろうか。桜はもう散ってしまったけど、暖かく穏やかな日がつづいている。

窓からさしこむ日差しに心やすらぐ。カーテンをゆらす春風が、心地よく頬《ほほ》をなでていく。今日は土曜で会社もお休みだし、引きこもりがちなワタシでもこんな日は絶好のおでかけ日和だと感じる。

そう、お出かけに最高の日なのだ。

風邪で寝こんでさえいなければ。

暖かい気候に気がゆるんで、窓を開けっぱなしで寝たのが運のつき。明け方にかなり冷え込んだらしく、目がさめると体が冷えきっていた。頭がおもくボーッとするものだから熱をはかってみると、三十八度をこえていた。

発熱していることが判ると、さらに気分が悪くなったように感じた。ふらつきながら、もう一度ベッドに潜りこんだ。

花冷えの夜に窓を開けはなっていたことばかりが、発熱の原因ではない……はずだ。いままでにも季節の変わり目に体調をくずすことがあったし、日ごろの疲れがたまっていたのかもしれない。ワタシの失敗ではなくて、不可抗力だろう……きっとそうだ。

不可抗力ということにしたいのには理由があって、今日は潮干狩りに行く約束をしていたからだ。ワタシの不注意で行けなくなってしまったのだとは思いたくない。

萱代《かやしろ》さん、季里《きり》さん、玻璃乃《はりの》、左京寺《さきょうじ》くん、そしてワタシの五人で、木更津《きさらづ》までドライブがてら、潮干狩りに出かける予定だった。アクアラインで東京湾を横断すれば木更津まですぐらしく、渋滞さえなければ一時間ちょっとで着くらしい。どうやら千葉って、意外と近いみたいだ。

このマンションの一階にある、純喫茶スターヒルで待ち合わせだった。時間になってもあらわれず、電話にも出ないワタシを心配して、玻璃乃が部屋までむかえに来てくれた。

そのときまさに体調は絶不調で、朦朧《もうろう》とした意識で玄関のドアを開けた……ような気がする。玻璃乃からは「どうせ腹だして寝とったんやろ」なんて言われた気がするけど、当たらずとも遠からずってところだし、言いかえす元気もなかったものだから「そんな感じ」みたいなことを答えていた……はずだ。

こんな体調で潮干狩りに出かける訳にもいかず、ワタシぬきで楽しんできてもらうことにした。「おとなしく寝とくんやで!」と言い残して、玻璃乃は部屋を後にした……ような気がする。「帰ったら様子見に来るから」と手をふる玻璃乃を、笑顔をつくって見送っていた……はずだ。

その後、倒れこむようにしてベッドで横になった。にぎやかな友人が去ったあとの静寂。不意に不安な気持ちがわきあがる。独り暮らしは、こんなとき心ぼそくて困る。起きあがれないくらい具合が悪くなってしまったら、どうすれば本当に良くなるのだろうか。熱にうなされながら、助けを呼ぶことができるのだろうか。そんなことばかり考えて、どんどん不安がふくらんでしまう。こんなとき、誰かがそばに居てくれれば安心なのに……。

本当は玻璃乃の腕をつかんで「心ぼそいから一緒にいて」と言いたかった。でも、そんな子供みたいなこと言えるはずがない。帰ったら様子を見に来てくれると言っていた。夜には帰ってくるだろう。それまでの辛抱だ。自分に言い聞かせながら眠りについた。

三時間ほど眠っただろうか。

喉の乾きをおぼえて目がさめた。朝と比べると、少しは良くなってきているんじゃないかと思う。とはいえ、熱はまだ高いし気分もわるい。

水を飲みにいこうと体を起こしたとき、キッチンに人の気配があることに気がついた。扉のむこうで、何やらゴソゴソと引き出しをあさる音がきこえる。

まさか泥棒⁉

血の気がひく。こんな体調で、泥棒を撃退できるだろうか。いや、こんな体調でなくとも、撃退する自信なんてないのだけれど。

そ、そうだ。警察に通報……。

そう思って枕元にスマートフォンを探したけど見つからない。きっとバッグの中だ。たしか扉のむこうのリビングに置いたはずだ。

そうこうしているうちに、キッチンにあった気配がうごきだす。かすかな足音がリビングを通り過ぎ、この部屋の前でとまった。

もしかして入ってくる?

ヤバい! どうしよう!?

泥棒と鉢あわせだなんて、洒落《しゃれ》にもならない。武器になるものがないかと、あわてて周囲をさぐる。手近にあった棒状のものをつかんで振りかぶる。部屋に入ってきたところを、こいつで殴りつけてやる!

ゆっくりとドアが開く。

大きな人影が、部屋の中を覗《のぞ》きこもうとしている。

「えいっ!」

かけ声とともに、渾身《こんしん》の力で殴りつける。

みごと泥棒の頭に命中した!

殴られた泥棒は、気絶してその場に崩れおちる……ようなことはなく、驚いた表情でワタシを見おろしていた。

ダメか！

やっぱり抱き枕じゃ、ダメなのか！

「痛いなぁ。何するんだ、いきなり……」

泥棒がとぼけた声をあげる。

驚いたことに、聞きおぼえのある声だった。

「もしかして、師匠⁉」

ドアを開け、萱代さんが寝室をのぞきこんでいた。

「もぉ、師匠！　何してるんですかぁ」

ホッとしたらヒザの力が抜けてしまい、崩れるようにその場にへたりこむ。

床に倒れそうになったところを、萱代さんがあわてて支えてくれた。

「何してんの。寝てなきゃダメだろ」

「だって、泥棒かと思って……」

安心したら、泣きそうになってしまった。

背中を支えながら、萱代さんがあきれ顔で天をあおいでいる。

「何で俺が泥棒なんだよ。立てる？」

「ムリ。立てません」

全身の力が抜けてしまって、立つどころか座っているのがやっとだ。ベッドはほんの数歩先なのに、たどり着ける気がしない。

「仕方がないな。ちょっと失礼」

そう言うと萱代さんは胸の前で腕を組ませ、肩を抱いたまま膝の裏に反対の腕を滑り込ませた。そしてそのまま、軽々とワタシの体を抱き上げてしまった。

え、お姫様だっこ⁉

乙女のあこがれお姫様だっこに喜んではみたものの、ベッド脇の姿見にうつる姿を見て現実に引きもどされる。

そこに映っていたのはお姫様ではなく、どう見ても単なる要介護者だった。情けないやら、恥ずかしいやら……。

「ごめんなさい。重いでしょ」

申し訳なくなってしまい、萱代さんにわびる。

「あぁ、重いね」

相変わらず、憎たらしいことを言う。嘘《うそ》でもいいから「そんなことはない」って言ってくれ。モテないぞ、そんなことじゃ。

ベッドにワタシを寝かせると、萱代さんは床に放りだされた抱き枕をひろいあげる。

「それはダメ！ やめて！」

制止するも間にあわず、抱きまくらは師匠の手に。

何をあわててるんだと、不思議顔で拾いあげた萱代さんの表情がこおりつく。

「す、すごいの使ってるんだな……」

見られた……。

萱代さんに見られてしまった……。

アニメの推しキャラが、等身大でプリントされた抱き枕。表面には乱れた着衣で横たわる推し君がプリントされてる。そして裏面には、着衣が……その、何と言うか……つまりは、そういう事だ。

殺してくれ……。

ひと思いに殺してくれ……。

あまりの恥ずかしさに声もださずに泣くワタシを哀れと思ったのか、萱代さんは何も言わずにベッドの上にそっと抱き枕をおいた。

「す、少しは元気になったようで良かったよ」

言いながら、萱代さんがベッドの脇に腰をおろす。

泥棒を撃退しようと思うくらいの元気はもどっていたけど、さっき全部つかいきってしまった。さらにトドメが抱き枕だ。これって、再起不能のダメージではないだろうか。

「どうして師匠がうちにいるんですか？」

涙声で訊《き》く。

「君がいてくれって言ったんだろ」

「ワタシが⁉」

そんな事を言った憶《おぼ》えなんてない。

「腕をつかんで、心細いから一緒にいてくれって」

聞けば部屋まで迎えにきたのは、玻璃乃だけではなかったらしい。萱代さんと左京寺くんも一緒で、去りぎわにワタシが師匠の腕をつかんで離さなかったのだそうだ。

「まるで憶えてないんですけど……」

「左京寺くんが残るって言ってたけど……それも憶えてない？」

もちろん憶えてなんかいない。

萱代さんの代わりに自分が残ると言いだした左京寺くんは、引きずられるようにして玻璃乃に連れていかれたのだそうだ。

「え、怖い。本当にワタシ、そんなこと言ったんです？　師匠の腕をつかんで？」

「言ってたよ。しかも泣きながら」

記憶にないってことが、こんなに怖いことだとは思わなかった。酔っ払って記憶をなくす人って、毎回こんな恐怖を味わっているんだろうか……。

「迷惑かけたみたいで、ごめんなさい」

「かまわないよ。いまに始まったことじゃないし」

珍しく素直に謝ってるのに、また憎たらしい切りかえしを。でもワタシのせいで潮干狩りに行けなかったのだから、本当に申し訳ないと思っているのだ。

「お出かけには絶好の小春日和なのに、潮干狩りに行けなくて残念でしたね」

「おいおい。小春日和は冬の気候だぞ」

「え？ 小春でしょ!? 春じゃないですか」

「小春ってのは、旧暦十月のこと」

「……え？」

旧暦の十月ってのはいまで言えば十一月くらいで、その頃の暖かくて春のように穏やかな日のことを、小春日和って言うらしい。

「だ、だまされた気分です……」

「誰もだましちゃいないけどね」

春なのに冬とか、意味わかんない……。

「でも、天然アサリ大量ゲットのチャンスだったのに、残念でしたね」

「まてまて。潮干狩り場のアサリは養殖物だぞ」

「え？ 砂浜から掘りだすんだから天然物でしょ!?」

何なんだ。ワタシの常識が次々とくつがえされていく……。

「養殖アサリを浜にまいてるんだよ。たくさんの人が潮干狩りに来るんだ。そうでもしないと、あっというまに採りつくしてしまうだろ」

「人がまいたアサリを、わざわざ掘りかえしてるんですか⁉」

それだったら直接、養殖アサリを買った方が早いじゃないか……アウトドアに興味がないワタシは、そんな風に思ってしまう。

「アトラクションみたいなもんだな。有料の潮干狩り場は、だいたいそんな感じだよ」

「またもや、だまされた気分です……」

「誰もだましちゃいないけどね」

知りたくなかった。そんな潮干狩りの真実……。

「でも今日は季里が一緒だから、天然物を採ってくるかもしれないぞ」

みんなを潮干狩りにさそったのは、季里さんだった。季里さんはアサリが……と言うか貝類が大好きで、春先には必ず潮干狩りに出かけるのだそうだ。

なんでも無料で潮干狩りができる浜もあるそうで、無料なだけあって貝がまかれるようなこともなく、天然物が採れるらしい。有料の潮干狩り場でも、掘る場所を選べば天然物に行き当たることだってあるのだそうだ。

「採れたてアサリ、食べたかったなぁ……」

「明日、みんなで集まって食べることになってるけど？」

「ホントですか⁉」

潮干狩りに行けなかったことよりも、アサリを食いっぱぐれたことの方が問題だったのだ。食べられるのならば、何も問題はない。

「だから、明日までによくなってくれ」

問題はそこだ。何とかアサリを食べられるくらいに回復しなくては。

「……師匠、お腹《なか》すきました」

突然の空腹宣言に、萱代さんが失笑している。

アサリ料理のことを考えてたら、お腹がすいてしまったのだから仕方がない。

「食欲でてきたのならよかった。何か作ろう」

「やった！」

「何が食べたい？」

「こってりしたのは無理かも」

「お粥《かゆ》とか？」

「うーん。お粥もいいけど、ちょっと物たりないって言うか……」

「贅沢《ぜいたく》な病人だな。いいよ。お気にめす料理、作ってみましょう」

そう言って立ち上がり、ドアへと進む萱代さんを呼びとめる。

「あの……」

「ん、どうかした？」

部屋をでようとしていた萱代さんがふり返る。

「その、なんて言うか……」

「何？　どうしたの」

たった一言、感謝の気持ちを伝えるだけなのに、恥ずかしくて言葉が出ない。

「……ありがとう……ございます」

消え入りそうな言葉に、萱代さんが驚きの表情をうかべた。

「どうしたの。めずらしく素直じゃない」

「だって、わざわざ残ってくれたり、ご飯つくってくれたり……その……」

言いよどむワタシをみて、萱代さんが苦笑する。

「今夜は雪でも降るんじゃないの？」

そう言い残して部屋をでていった。

相変わらず憎たらしいことを言う……。

いったん自分の部屋へ向かった萱代さんだったけど、すぐに戻ってきて調理を始めた。

小気味よい包丁の音や、クツクツと鍋が煮える音を聞いていると、心やすらいでまどろみへと引きこまれていた。

一時間ほどが過ぎただろうか。ドアをノックする音で目がさめた。

「食べられそう？」

気分はわるくとも、お腹は減っているのだ。もちろん食べますとも！

お料理をトレイにのせて、寝室まで運んでくれた。体を起こして、ベッドの上でいただくことにする。

「お粥？」

スープボウルの中で、美味《おい》しそうな湯気をたてているお料理。一見するとお粥に見える。

けれども、どうやらただのお粥ではなさそうだ。

ご飯の粒にかくれて何やら白くて半透明の具材が入っている。たっぷりと散らしてあるみじん切りの葉は、イタリアンパセリだろうか。胸のすく爽やかな香りに、気分のわるさが和らいでいくようだ。

チーズが削りかけられているようで、スープの表面でとろりと溶けだしていて美味しそう……思わずゴクリと、生唾を飲みこんでしまう。

「さぁ、召し上がれ《ボナペティート》」

萱代さんにうながされて、スプーンを手にとる。

ご飯とスープをすくって一口……優しい味。

滋養がつまった優しい甘みが、口いっぱいにひろがる。何の甘みだろうか……まるでポトフのような優しい味わい。そして白い具材を噛《か》みしめると、じわりとスープがあふれだし清々《すがすが》しい香りがひろがる。

「カブ……ですか？」

「正解」

淡いカブの味わいに、イタリアンパセリのほのかな苦みがいいアクセントだ。

少しだけオリーブオイルの香りがする。それとあと一つ……馴染《なじ》みがあるスパイシーな香りが、全体を引きしめている。何だろう、この香り……。

全体的に優しい味わいなのに食べごたえがあるのは、きっとチーズのおかげだ。ミルキーなコクが加わって、マッタリとしているのにそれでいてしつこくない。

「師匠、チーズ！　このチーズ！」

「きたないな。食べながらしゃべるなよ」

そんなことを言われたって、美味しいのだから仕方がない。食べる手を止めたくないのだ。スプーンが止まらなくなっている。

「なんです？　このチーズ」

「グラナ・パダーノだよ。パルミジャーノと似てるけど、熟成期間が短い分こっちの方が淡白だ。あっさりしたこの料理に、よく合うだろ」

返事をするのももどかしく、ガクガクとうなずきながら食べつづける。

熱々の料理を、かき込むようにして頬ばった。口の中をやけどしながら、あっという間に食べつくしてしまった。

「ごちそうさまでした！　美味しかったです！」

「気分わるいくせに、いい食べっぷりだね。まったく……」

そんなにあきれないでほしい。萱代さんのお料理が、美味しすぎるから悪いのだ。温かい料理を食べて、体の内から温まった。冷えてしまわないように布団の中へと潜りこむ。

「何ていうお料理なんです？」

「リズ・ラーベ・エ・エルブリン。北イタリアはロンバルディア地方の家庭料理だな」

「リズ……え、何です？」

いつものことながらイタリア料理の名前は、何を言ってるのかわからない。これが世に言う、呪文料理というやつか。

「ロンバルド語で米、カブ、パセリって意味だね。使ってる材料が、そのまま料理の名前だ」

「イタリア語じゃないんですね」

「ロンバルディア周辺で、もともと使われていた言葉だね。イタリア語で言いかえるなら、ミネストラ・ディ・リゾ・ラーパ・エ・プレッツェモロ……つまり『米とカブそしてイタリアンパセリのミネストラ』になるかな」

「ミネスト……ラ？」

「具沢山のスープのことだよ」

「スープだったんですね。お米の料理だし、リゾットの一種かと……」

「たっぷりのブロードで具材を煮る料理はミネストラだね。リゾットは米を炒《いた》めてから、ブロードを加えながら火を通していく」

「あの、ブロード……って、何です？」

「教えてなかったっけ？」

「記憶にございません……」

いや、ほんと、パスタ以外のことは、何も教わっていないような気がする。

「解《わか》りやすく言えばダシかな。フランス語で言えばブイヨンだね。今回は、タマネギ、ニンジン、セロリでとった野菜のブロードを使っている。あー、イタリアンパセリの茎とローリエも使ったかな」

「それで野菜の甘みが……」

「ブロードでカブと米を炊いて、火がとおればグラナ・パダーノとイタリアンパセリを加えて完成……シンプルだけど、味わい深い料理だ。あっさりしていて旨《うま》いだろ？」

「優しさを詰めこんだような味でした。でも、他にも入っているものありますよね？」

「オリーブオイルと、あともう一つ。ピリッとしたスパイシーな……知ってる味なんですよね。コショウじゃないし、唐辛子でもないし……うーん、何だろう」

すごくなじみのある風味なのに、何の食材なのかが判《わか》らない。

「お、気づいたんだ」

「ショウガだよ」

「それだ！」

イタリアンではあまり味わう機会がないものだから、知っている味なのに考えが至らなかった。そうだ、ショウガだ。

「仕上げに、おろしショウガを少しだけ。淡白な食材ばかりだから、ひきしめる意味でね。本来のレシピにはないけど、これくらいのアレンジは許されるんじゃないかな。それにショウガは体を温めるから、風邪には良《い》いんじゃないかと思ってさ」

え。もしかしてワタシの体を気づかって!?

ヤバい！　ちょっとキュンときた！

「ねぇ、ねぇ、師匠ぉ」

「何だよ、へんな声だして」

へ、へんな声……だと!?

これでもワタシの中の女子を総動員したというのに！

「どうしてカブの料理つくってくれたんです？」

「カブ、好きなんだろ？」

「好きだなんて言いましたっけ⁇」

ヤバい！　もう一回キュンときた！

「君のお母さんが来たとき、カブのサラダばかり食べてたじゃないか」

「よく憶《おぼ》えてますね、そんなこと……」

萱代さんがふざけてカブのカルパッチョと呼んでたサラダのことだ。塩をした薄切りのカブに、黒コショウとオリーブオイル、そして摺《す》りおろしたパルミジャーノ・レッジャーノをかけただけのシンプルなサラダ。美味しくて何度もおかわりした気がする。

何なの？　熱のせいなの⁉

おかしなことに、今日は萱代さんがカッコよく見えてしまう。そりゃ、もとから見た目だけは良いのだけれど、愛想はないわ、憎たらしいことばかり言うわで、普段はこんな風に思うことなんてないのに……。

「顔が真っ赤だぞ。熱があがってるんじゃないのか？」

言い終わらないうちに、萱代さんの手がおでこにふれる。

え、何？　何が起こっているの⁉

思わず身をかたくする。

「ほら、熱があがってる。はしゃぐから……」

はしゃいだせいじゃないですから！

この熱、きっと萱代さんのせいですから！

冷たい萱代さんの手。火照《ほて》ったおでこに、ひんやりと心地いい。

不意に萱代さんの腕にすがりつきたい衝動にかられる。思わず伸ばしてしまった両手が彼の腕をつかんだと思った瞬間、萱代さんは突如として立ちあがっていた。

「ちょっと待ってて。いいもの作ってあげるから」

そう言い残して、萱代さんはキッチンへと姿をけした。

後には、宙をつかむワタシの両手だけが残された。

……あの野郎、ぜってー許さねぇ！

一〇分ほどで萱代さんは、トレイにマグカップをのせて寝室に戻ってきた。

「おまたせ」

返事もせずふくれっ面のワタシを見て、萱代さんがため息をつく。

「えっと、何か怒ってる？」

「怒ってません」

「いや、怒ってるだろ」

「怒ってませんってば！」

もう一度ため息をついて、萱代さんが眼前にマグカップを差しだす。

「飲まないの？」

差しだされたマグカップには濃紅《こいくれない》の飲み物がそそがれ、美味しそうな湯気をたてていた。オレンジとレモンの輪切りが浮かび、シナモンスティックが添えられている。

「ど、どうしてもって言うのなら、飲んであげてもいいですけど？」

萱代さんが帰ってきてからずっと、甘酸っぱい香りに興味をひかれっぱなしなのだ。飲まないなんていう選択肢があろうはずがない。

さぁ、萱代さん。もっとワタシの機嫌をとって、その飲み物をすすめるのです！

「飲みたくないなら、俺が飲むからいいけど」

「だ、だめです！　飲みます！」

引ったくるようにして、萱代さんからマグカップを受けとった。

温かなカップを両手で包みこむと、じんわりと手のひらに熱が伝わり……って、熱い！

温かいとかいうレベルではない！　熱い！　熱すぎる！　火傷《やけど》しちゃう！

「あ、そうだ。熱いから気をつけてね」

そういうことは、先に言ってほしい……。

カップの中に息をふきかけ、冷ましながらそろりと一口。

ワインだ、熱々の赤ワイン。

でも、それだけじゃない。柑橘《かんきつ》の爽やかな香りに胸がすく。甘酸っぱい味わいが、口いっぱいにひろがっていく。

「美味《おい》しい！　何です？　これ」

あまりの衝撃に、さっきまでのイライラとした気持ちが吹きとんでしまった。

「ヴィン・ブリュレ。直訳すれば焦がしワイン。北イタリアのホットワインだね」

ワインを温めて飲むだなんて、知らなかった……。

萱代さんによると、ヨーロッパのあちこちで温かいワインを飲む風習があって、クリスマスシーズンの風物詩でもあるのだそうだ。

「オレンジとレモンが入ってますけど、ワインで煮るんですか？」

「好みのフルーツやスパイスを加えて、一〇分ほど煮るのが本来のレシピだね。今回はあらかじめ材料をワインに漬けこんでおいて、飲む前にさっと温めたんだ。あまり加熱すると、せっかくの香りが飛んでしまうし、ビタミンCだって熱に弱い」

そっか。だからこんなに香りがいいんだ……。

「今回つかったフルーツは、オレンジ、レモン、洋ナシ。スパイスは、クローブ、ショウガ、カルダモン、シナモン。あとは、仕上げにハチミツだな」

「へぇ、何だかワインとは別の飲み物みたい……」

「いろんな風味が絡み合って味に深みが出るし、それにやっぱりフルーツのビタミンやスパイスで滋養も期待できる」

「体にもいいんですね！」

「イタリアでは風邪をひいたときにも飲むね。イタリア版たまご酒といったところかな」

マグカップ半分くらい飲んだあたりで、急に酔いがまわってきた。

「師匠、これ、酔っ払いますよ……」

「そりゃそうだろ。ワインだから」

煮きった訳じゃないから、アルコールはしっかり残っているらしい。

「もう。ワタシを酔わせて、どうしようって言うんですかぁ？」

「どうもしないから。飲んだらさっさと寝てくれよ」

さすがに、つれなすぎやしないだろうか……。

「そんなこと言って、ワタシが寝ちゃったら寂しいくせに」

「酒ぐせわるいなぁ……」

「えぇ～、何を言ってるんですかぁ～。酔っ払ってませんよぉ～」

そう言いながら、温かいワインを飲み干した。ほどよく冷めたヴィン・ブリュレは、甘くてフルーティーで飲みくちがよくて……いくらでも飲めてしまいそうだ。

そう思った辺りまでだろうか……記憶が残っているのは。

お酒のせいなのか熱のせいなのか、そこから先の記憶がプッツリと途切れている。潮干狩りから帰った玻璃乃が様子を見にくるまで、グッスリと眠っていたようだ。

よく眠ったおかげか、ミネストラのおかげか、はたまたホットワインのおかげなのか……目ざめたとき、熱はすっかり下がっていた。

◇

翌日の日曜日、お昼前にスターヒルに集合。

萱代さん、季里さん、玻璃乃、左京寺くん、そしてワタシのいつものメンバーで、昼食会だ。昨日採ったアサリを、みんなでいただこうって寸法だ。

昨日の潮干狩りは大漁だったらしく、天然物のアサリがどっさり採れたらしい。こんな上物が採れる穴場がどこにあるのかと萱代さんが驚いていたけれど、季里さんは得意げに秘密だと言って笑っていたそうだ。

集合時間の少し前にスターヒルへ行くと、玻璃乃がすでにテーブル席で珈琲《コーヒー》を飲んでいた。向かいの席に座り、ワタシも珈琲をたのむ。

間もなくしてサーブされた珈琲の香りを楽しんでいると、玻璃乃がそっと耳うちする。

「で、萱代さんとは、ホンマにヤっとらへんのんか？」

また、下世話な話を蒸しかえす……。

「何もなかったって言ってるじゃない……」

「一気に距離つめるチャンスやったのに、何しとんねん。調子悪い言うて甘えんのなんか、女の常套《じょうとう》手段やないか」

詫《わ》びろ！　世の女性たちに伏して詫びろ!!

そんな打算的な女性ばかりじゃない……はずだ。きっと。

「師匠とは、そんなんじゃないってば」

「弱りきった女が無防備に寝とんのに、何もせぇへんとか失礼な奴《やっ》ちゃな」

「弱りきった女に手をだす方が、どうかしてると思うけど？」

「……ん？　まぁ、それもそうか」

萱代さんのことより、ワタシがやらかしたかもしれないってことの方が問題だ。あの後、いったいどうなったのだろうか……気にならないと言えば嘘《うそ》になる。

「ねぇ、玻璃乃。昨日帰ってきたとき、ワタシどんな感じだった？」

昨日の朝、玻璃乃に合鍵をわたしていた。潮干狩りから帰ってきた玻璃乃は、ワタシを起こさないようにそっと部屋の様子をうかがったのだそうだ。

「昨日も言うたけど、ぐっすり寝とったよ」

「萱代さんは？」

「ベッドにもたれ掛かって寝とったな。ウチに気づいて目ぇさましたけど」

先に目をさました萱代さんと玻璃乃の話し声で、ワタシも目をさました。玻璃乃が勘ぐるようなことなんて、何も起きてないはずだ……多分。

釈然としない思いをかかえて悶々《もんもん》としていると、ドアベルをけたたましく鳴らしながら入口が開けはなたれた。大きなボウルをかかえた萱代さんが、背中でドアを押し開けながらお店の中へと入ってきた。

「お、もう大丈夫なの？」

ワタシの姿を見て、萱代さんが言った。

「おかげさまで。すっかり良くなりましたよ」

「そりゃ良かった。君が風邪だなんて、まるで鬼の霍乱《かくらん》だからね」

ぐぬぬ。いつもと変わらない、憎たらしい萱代さんだ。

しかし、昨日はいったいどうしてしまったのだろうか。萱代さんのことが、異様にカッコよく見えていた気がする。恥ずかしくて目を合わせられないんじゃないかと心配していたけれど、まるでそんなこともなくいつもの調子だ。すべては熱とお酒のせい……そう思って納得することにする。

「砂ぬきは終わってるから。後はよろしくね」

そう言って萱代さんは、アサリの入ったボウルをマスターへ手わたした。

「あれ？　萱代さんが作るんじゃないんですか？」

「マスターが作ったほうが旨《うま》いからね」

左肩をまわしながら、萱代さんが答える。

料理のことで、師匠が他人をたよるだなんて珍しい。

「元々でかいリストランテでパスタイオやってた人だからね。俺もパスタに関しては、マスターに教わったようなものだし」

え、そうなの!?

それじゃマスターは、萱代さんのパスタの師匠ってことになるじゃないか。

「萱代さま、そのへんで……」

すかさずマスターから制止がはいる。

「おっと、しゃべりすぎたかな」

「萱代さまがお作りになった方が、ずっと美味しいですよ。最初から何でも上手におできになった……お父さまとそっくりです」

昔をなつかしむように、マスターが目を細める。

「マスター、そのへんで……」

二人は顔を見あわせると、互いに肩をすくめて苦笑した。

何げなく二人の過去を紐《ひも》とくキーワードが飛びかった気がするけれど、この雰囲気ではいくら訊《き》いたところで教えてはくれないだろう。きっとサラリとはぐらかされて終わってしまう。もう付き合いも一年近いのだ。それくらいのことは解《わか》るようになった。

やがて季里さんと左京寺くんもスターヒルに集まり全員がそろう。

萱代さんがみんなの前にたって訊いた。

「スパゲッティでいいかな？」

「ヴォンゴレってヤツやな？」

「そう。スパゲッティ・アレ・ヴォンゴレ。アサリのスパゲッティだね」

「やった！　間違いなく美味しいやつ！」

みんなが盛りあがる中、萱代さんがマスターに向かってうなずく。心得ましたとばかりにうなずきかえすと、マスターは奥の厨房《ちゅうぼう》へと姿をけした。

カウンター席に腰かけると、萱代さんはのんびりと珈琲をすすっている。いつも作る側の萱代さんが、ワタシたちと一緒に料理を待ってるのは、珍しい光景かもしれない。

「マスターが作ってるところ、見学しちゃだめですかね？」

「いいんじゃないの。奥にいって見てきなよ」

「師匠も一緒にきてください！」

萱代さんの腕をつかんでカウンターの内側へはいって、厨房をのぞきこむ。

「何で俺まで……」

「作り方の解説してくださいよ」

「マスターに訊けばいいじゃないか」

厨房ではマスターが、スパゲッティを茹《ゆ》ではじめるところだった。何ごとかと振りかえったマスターだったけど、状況を察してふたたび調理にもどった。

「料理してもらってるのに、解説までたのめませんよ。師匠が解説してください」

「喜んで教えてくれると思うけどね」

「そんな厚かましいこと、できませんって」

左手を首にやり、萱代さんがため息をもらす。

「はいはい、解説させていただきましょう」

「解りやすくお願いしますね！」

「俺に対して厚かましいだろ……」

マスターはアルミのフライパンを手前にかたむけてガスレンジに置くと、角にオリーブオイルの溜《た》まりを作った。そして刻んだニンニクと唐辛子を泳がせて火をつける。

隣のガスレンジにもフライパンをセットして、同じようにニンニクを温めはじめる。どうやら人数分、二つのフライパンで一気に作るつもりらしい。

「ベースは、アーリオ・オーリオだね。つぶして刻んだニンニクとちぎった唐辛子を、オリーブオイルで色づく直前まで加熱する。あまり良《い》いオイルじゃなくてもいいってのは、もう言うまでもないかな」

「火を入れると香りが飛んでしまうから、最高級のオイルじゃなくても充分ってヤツですよね。ちゃんと憶《おぼ》えてますよ」

最高級のエクストラ・バージンと他のオリーブオイルでは、香りの良さが決定的に違うんじゃないかと思う。香りは揮発性でどんどんなくなってしまうから、できるだけ食べる直前に香りづけする……これは師匠からいつも口すっぱく言われていることだ。これは何もオリーブオイルに限ったことではなくて、香りづけを目的につかうスパイスやハーブにも言えることなのだそうだ。

「茹で方だって、もはや説明はいらないだろ？　アサリに塩分があるからって、塩を減らす必要はないよ。いつも通り一・五パーセントくらいの塩で大丈夫だ」

塩気の多い食材をあつかうとき、いつも萱代さんがする説明だ。ただ、茹で汁をソースに加えるのなら、量に気をつけるように言われている。

「あかん。ニンニクの匂いって、何でこう食欲をソソるんやろな」

突然の声にふり返ると、玻璃乃と左京寺くんまで厨房をのぞきこんでいた。

「ふたりとも、どうしたの!?」

「いやぁ、待ちきれなくて……」

そう言って左京寺くんがてれた笑みをこぼす。

厨房に全員集合かと思いきや、振りかえって見れば季里さんはカウンターで独りグラスをかたむけていた。内側から見ると、カウンターにたたずむ美人ってのは絵になるものだな……などと感心して見いってしまう。

その時、油が爆《は》ぜる大きな音が厨房からひびいた。あわてて視線をもどすと、マスターがフライパンにフタをするところだった。

くーっ！　何があった！

マスター、手ぎわが良すぎる。見のがしてしまった。

「師匠！　師匠！　何が起こったんです？」

「よそ見してるから……」

あきれたように天をあおぐ。仕方ないじゃないか。美人に見とれていたのだ。

「フライパンに水を入れて、アサリを蒸し焼きにしているところだよ」

さっきの油が爆ぜる音は、フライパンに水を入れた音だったらしい。

「水なんですか？　白ワインとかじゃなくて？」

「鮮度の悪いアサリだと白ワインで誤魔化したりもするけど、そうでなければワインの酸味はかえって邪魔だね。水だけの方がアサリの旨《うま》みをストレートに味わうことができる」

「へぇ！　そうなんですね」

「ここで大事なのは、アサリを入れたフライパンをあおらないことだな」

「え、ダメなんですか？」

勢いよくあおって宙を舞うアサリが、音をたてながらフライパンに帰っていく様子を想像してみる。けっこうカッコいいんじゃないかと思うんだけど……。

「乱暴にあつかうと、貝殻が欠けるからね。身の肥えたアサリほど貝殻が薄い」

「なるほど。パスタにまぎれこんで、かんだら嫌ですもんね……」

「蒸し焼きするのに、あおる必要もないしね」

数分の後、マスターがフライパンのフタを開けると、磯《いそ》の香りが厨房に満ちた。盛大に立ちのぼる湯気の中から、口を開けたアサリが姿をあらわす。

「美味《おい》しそう！」

「プリップリやなっ！」

火を弱めるとマスターは菜箸でアサリをつまみ上げ、小さなボウルに引き上げていく。そしてボウルの中で、次々と殻をはずしはじめる。

「貝殻、はずすんですね」

「飾り用にいくつか取りわけて、後はぜんぶ殻をはずすんだ。こうすることで、だんぜん食べやすくなる」

「あ、たしかに。フォークで身をほじるの、けっこう大変ですもんね」

すべての殻をはずし終わるのと時を同じくして、キッチンタイマーがスパゲッティの茹で上がりを知らせる。茹で加減をたしかめたマスターが満足げにうなずき、スパゲッティをフライパンへとうつす。

「いつもスパゲッティは芯がなくなるまで茹できれって言ってるけど、今回ばかりは話がべつだ。わずかに芯が残った状態であげて、アサリのスープを吸わせながら仕上げていく」

ふつふつと沸くアサリのスープの中で、スパゲッティがその身をおどらせている。ときおりマスターが、優しくスパゲッティをまぜる。アサリのスープが少しずつ、トロみをおびたソースへと仕上がっていく。

「スープが乳化してパスタにからんできたら、アサリを戻してイタリアンパセリとオリーブオイルで仕上げだな。アサリに負けないよう、スパイシーで風味の強いオイルがいいね。仕上げにはできるだけ良いオイルを使ってくれ」

火を止めて刻んだイタリアンパセリとオリーブオイルを入れて、菜箸とフライパンを交差する円をえがくように動かして混ぜあわせる。そして二度、三度とフライパンをあおって、スパゲッティと具材をソースでまとめあげていく。

「さぁ、もういいだろ？　席につこう」

カウンター席へともどり、パスタの到着をまつ。程なくしてマスターが、ワタシたち四人の前にスパゲッティの皿をサーブしてくれた。

あれ？　四皿？　一皿たりない……そう思ってテーブルを見まわす。

「季里さんのパスタは？」

彼女にだけサーブされていない。ワタシの問いに、季里さんが答える。

「いいの、いいの。別のやつ頼んでるから、お先にどうぞ」

「え、でも……」

「どうせダイエットで糖質制限でもしてるんだろ。いいから食べよう」

言いすてる萱代さんに向かって、季里さんが舌をだす。

「当たってるけど違いますぅ～」

美人は何をやってもサマになるからずるい。

いや、そんなことよりも……と言っては季里さんに怒られそうだが、できたてを熱いうちに食べなくては！　磯を凝縮したかのようなアサリの香りに、食欲を刺激されっぱなしなのだ。これ以上まてる訳がない。

よーし、食べるぞ！

「いただきます！」

限界までフォークに巻き付けたスパゲッティを、口いっぱいに頬ばる。

濃い！

凝縮された味と香りが、口の中で解き放たれる。口の中が海の香りでいっぱいだ！

スパゲッティを、ひと噛《か》み、ふた噛み。アサリの味がしみ出てくる……なんて言うと大げさかもしれないけど、パスタとソースが本当に一体になっているように感じる。表面にトロリとからんだソースはもとより、スパゲッティがスープをすって味の一体感が増している。きっとアサリのスープの中で仕上げたからだろう。

磯の香りをしっかりと支えているのは、ニンニクとオリーブオイルだ。どんな食材でも受け止める黄金タッグ……アサリといえども例外ではないらしい。このタッグなくしては、もはやパスタを語ることなどできないだろう。

そして仕上げのイタリアンパセリもいい仕事をしている。清涼感のあるほのかな苦みが、アサリの風味をさらに引き立てている。

パスタの間にからまったアサリの身を噛みしめると、プリッとした歯ごたえの後にアサリのスープがほとばしる。噛むほどに味わい深いアサリの身は、ともすれば単調になりがちなスパゲッティの食感に程よいアクセントを与えてくれる。

「え、ちょ、うまっ！」

玻璃乃もむさぼるようにして食べている。無理もない、これは美味しすぎる！

「すごいな。アサリの味が濃い……」

左京寺くんも、満足げにうなずいている。

「ごちそうさまでした」

　手をあわせるワタシを、萱代さんが驚きの表情で見つめる。

「もう食べたの!?」

「はい！　美味しすぎました！」

「いつもながら、いい食べっぷりで……」

「おかわり、ないんですかね」

「アサリはまだあるけど、あっちも試してみたら？」

　萱代さんが指さす方を見ると、マスターが季里さんの席に何やら細長い料理がのった皿をサーブするところだった。

「お待たせしました」

「やった！　一年間まちわびました！」

　嬉《うれ》しそうに手を打ちならすと、季里さんは箸を手にとり料理を口へとはこぶ。嚙みしめるように味わうと、身をふるわせて喜びをあらわにしている。

「おいしぃ〜！　やっぱり春はコレよねぇ〜」

「季里さん、何を食べてるんですか？」

　皿の上を見やれば、見なれない食材が並んでいた。一〇センチほどの、細長い管状の食材だ。表面の模様から、貝のように見える。

「マテ貝よ。網焼きにしてもらったの」

「へぇ！　そんな筒みたいな貝があるんですね！」

「筒じゃないよ。こう見えても二枚貝。ほら」

そう言って、貝殻を見せてくれる。

「カミソリみたいでしょ。カミソリ貝って別名もあるのよ」

細長い貝殻が二枚合わさって、筒のような形になっている。まるで豆のサヤみたいだ。

「お！　それ、塩かけてひっこ抜いたやつやな」

マテ貝を指さして、玻璃乃が言った。

「塩かけて？」

「せや。貝がおる穴を見つけたらな、塩をいれんねん。そしたら、ヒョコッと顔だしよるんや。そこをつかんで、ゆっくり引っこぬく……ちゅう訳や」

「へぇ。何で塩かけたら出てくるの？」

「知らん」

そんな自信たっぷりに知らないアピールされても……。

「えっと、ビックリして飛びだしてくる……って感じじゃないかな。急激な塩分の変化は、命にかかわる訳だしさ」

季里さんがすかさずフォローしてくれる。

「なるほど。人でたとえたら、のんびり昼寝してるとこに冷水ブッかけられて、ビックリして飛びおきた……みたいな感じですかね」

極端すぎるたとえに、みんなが冷水をブッかけられたような顔をしている。そこまでドン引きするようなことを、言ったつもりはないのだけれど……。

「マ、マスター。みんなにもマテ貝焼いてあげて」

凍りついた空気を溶かすように、季里さんが厨房《ちゅうぼう》にむかって声をかける。

厨房からはすでに、貝の焼ける芳《こう》ばしい匂いが漂いはじめていた。

「まもなく焼きあがりますよ」

さすがはマスター、先手をうってすでに調理中だ。

貝の焼ける香りってのもまた、胃袋をわしづかみにする。マテ貝ってどんな味がするのだろうと、興味はかきたてられるばかりだ。

「おまたせいたしました」

サーブされた大皿には、熱々に焼きあがったマテ貝が整然とならんでいた。早速、手元の小皿に取って貝殻をはずす。貝殻が細長いから身も細長いのかと思っていたらまさにその通りで、意外と見た目がグロテスクだ。

「うっ。グロくてちょっとムリかも……」

「ゴチャゴチャ言うとらんと、はよ食べ」

そう言いながら、玻璃乃がマテ貝をほおばる。

「おっ！　こら旨《うま》いな」

玻璃乃が二つ目のマテ貝に手を伸ばす。

そんなに美味しいんだ！

やばい、見た目にひるんでる場合じゃない。早く食べないと、玻璃乃に食べつくされてしまう。目をつむり、思いきってマテ貝を口にほおりこんだ。

「え、美味しい……」

もしかすると、アサリより味が濃いんじゃないだろうか。鮮烈な磯の香りと、ほんのりとした甘み……。貝の身が大きいから、食べごたえがある。コリコリ、シコシコとした食感が、癖になってしまいそうだ。季里さんが待ちこがれていたのも、納得の美味しさだ。

「桜馬《おうま》くん、桜馬くん」

いたずらっぽく笑いながら、季里さんが萱代さんを呼んでいる。

「何だよ……」

めんどくさそうに顔をむけた萱代さんに、箸でつまんだマテ貝の身を差しだす。

「はい。あ～んして……」

あーん……だと!?　突然どうした、季里さん！

差し出されたマテ貝に、萱代さんは困り顔だ。

「早くしなさいよね。いい歳《とし》して照れたって、可愛《かわい》くないぞ」

マテ貝をグイグイと萱代さんの口元に押しつけて、季里さんが催促する。

根負けした萱代さんが口を開けた瞬間、季里さんは自分でマテ貝を食べてしまった。

「残念でしたぁ〜」

そう言って季里さんは、ケタケタと笑い転げている。

「まったく、悪い酒だなぁ……」

肩をおとして、萱代さんが大きくため息をつく。

「え、季里さん飲んでるんですか？」

「季里の足もと、見てみなよ」

言われてカウンターの下を見やると、そこには緑色の一升瓶が鎮座《ちんざ》していた。ラベルに『純米』の文字が見える。ミネラルウォーターでも飲んでるのかと思ってたら、季里さんコップ酒をキメてたのか！

「いいなぁ〜。ワタシも飲みたい！」

「お！　百合《ゆり》ちゃんもいっとく？」

季里さんの隣にすわると、グラスに日本酒をついでくれた。

「季里さん、飲みましょう！」

乾杯しようとした瞬間、背後から伸びた手がグラスを奪いとる。

「え、何？　何なの⁉」

振りかえってみれば、グラスを持った萱代さんが、迷惑そうな表情を浮かべていた。

「君はダメだ。昨日みたいなことになったら面倒だからね」

昨日みたいなことって……ホットワインを飲んだときのことだろうか。やはりあの後、なにかあったの⁉

「昨日みたいなことって、何かありました……かね？」

恐る恐る訊《き》いてみる。

「まさか、憶《おぼ》えてないの⁉」

「え、えぇ。まぁ……」

萱代さんが頭をかかえてうなだれている。まって、そんなにひどいことが⁉

「とにかく、今日は酒をひかえてくれ」

「そんなぁ～」

ダメだと言われると、ますます飲みたくなってしまうのが人の性《さが》だ。

「季里さんと乾杯したいのに～」

「いいもの作ってやるから、それで手を打ってくれ……」

「仕方ないですねぇ。何です？　いいものって」

「それは、できてからのお楽しみだな。これはもらっていくよ」

お酒の入ったグラスを持ったまま、師匠はカウンターの中へと入っていった。

「マスター、表のガスレンジ借りるね。あと、スパゲッティ茹《ゆ》でてもらえるかな。みんなお腹《なか》ふくれてるだろうし、二〇〇グラムもあればたりるでしょ」

言いながら、カウンターの向こう側で、ニンニクを潰しはじめる。ときおり調子をたしかめるように左肩を回しながら、あっという間にみじん切りにしてしまった。

「季里さん、今日はワインじゃないんですね」

いつもワインばかり飲んでるイメージがあるのに、今日はめずらしく日本酒だ。言ったとたん、季里さんの表情がくもる。

「そうなの。ワインって、貝に合わないのよね……」

「そうなんですか⁉」

魚介といえば、白ワインを合わせるのが定番だと思っていた。

「パスタにしちゃえば問題ないんだけどね。焼貝もダメだし、お刺身にも合わない……」

季里さんの話をきいて、フライパンを火にかけながら萱代さんが会話に加わる。

「俺も魚介とワインは、合わせるのが難しいと思うな。生魚もそうだし魚卵系は特にね」

フライパンを覗《のぞ》きこめば、中にはたっぷりのオリーブオイルとニンニク、そして唐辛子が入っていた。基本のアーリオ・オーリオだ。

「魚卵って、イクラとかタラコとかです？」

「そうだな。あと、海藻あたりも難しい。魚介をワインと合わせると、どうしても生ぐさく感じてしまう。感じ方は人それぞれだし、好みの問題でもあるんだけどね」

正直言ってあまり気にしたことがなかった。と言うか、お刺身や魚卵にワインを合わせたことがなかったのかもしれない。

「赤ワインだとタンニンの渋みで魚介の風味がだいなしになるし、ワインの鉄分が魚の不飽和脂肪酸と合わさると生臭さを感じる。白ワインは渋みが少ないけど、やはり鉄分が生臭さを強調してしまうんだ」

「へぇ。じゃ、日本酒なら合うんですか？」

「日本酒ほど、魚介と相性のいい食中酒もないね。アミノ酸をたくさん含んでいるから、魚介の味を邪魔しないだけでなく膨らませてくれるんだ」

萱代さんが、日本酒の入ったグラスを手にする。

「それは何も、食中酒としてばかりの話じゃない」

そう言うと、グラスの中身をすべてフライパンへとそそいでしまった。油の爆《は》ぜる音がひびき、ニンニクと日本酒の混ざりあった芳ばしい匂いが立ちこめる。そして十本ほどのマテ貝を入れると、萱代さんはフライパンにフタをした。

「料理酒としても魚介によく合う。酒蒸《さかむし》にして、スパゲッティと合わせよう」

さすが師匠！　いつもワタシの予想をこえてくる。まさかアーリオ・オーリオのベースに、日本酒をあわせるだなんて！

「新鮮な貝なら、お酒はいらないって言ってませんでした？」

「日本酒だったら話はべつだ。貝の旨《うま》みを膨らませてくれるからね」

フライパンの中から、フツフツとお酒のわく音がきこえる。お酒で蒸し焼きにしたマテ貝って、どんな味に仕上がるんだろう。楽しみで仕方がない。

程なくして萱代さんがフタをあけると、プックリとみずみずしく蒸しあがったマテ貝が姿をあらわす。貝殻を取りのぞいてスパゲッティにスープを吸わせると、ヴォンゴレと同様にイタリアンパセリとオリーブオイルで仕上げた。

「スパゲッティ・アイ・カンノリッキ、完成だ」

大皿に盛られたスパゲッティの中から、マテ貝が見え隠れしている。立ち上る湯気からはニンニクやオリーブオイルと絡みあった磯《いそ》の香りが……その陰から日本酒のやわらかい香りがほんのりと鼻腔《びこう》をくすぐる。何これ、湯気まで美味《おい》しい！

「さぁ、召《ボナ》し上《ペ》が《ティ》れ《ート》」

こんなの、絶対に美味しいに決まってる！

まちきれず、あわてて小皿にパスタを取りわける。スパゲッティを巻くことすらもどかしく、小皿から直接フォークでかっこんだ。

優しい磯の香り……網焼きのような鮮烈な香りではないけれど、風味の豊かさならこちらの方が上だ。ニンニクやオイルが加わった分だけ広がりが生まれたという意味ではなく、マテ貝の味自体が広がったように感じる。これが萱代さんの言っていた、味を膨らませるということなのだろうか。マテ貝自体もふっくら柔らかに仕上がっていて、嚙《か》むほどに貝の甘みが染みだしてくる。

「師匠、これ、やべぇっす！」

語彙力、ワタシの語彙力どこにいった！　もとから豊富じゃないけれど、語彙も消滅する美味しさだ！

そのとき、ふと気づく。

「もしかして、これってアサリで作っても美味しいです？」

「あぁ、旨いね」

それを聞いてしまうと、試してみたくてしょうがない。

「師匠、あまり食べてないでしょ。パスタ作ってあげますよ！」

「要らないよ。自分で作るし……」

迷惑そうに眉根をよせる。せっかく作ってあげると言っているのだから、素直に「お願いします」と言えないものだろうか。

「弟子の成長の機会なんだから、おとなしく試食してください！」

渋々といった様子で、カウンターの調理台をゆずってくれた。奥の厨房で、マスターが苦笑している。

「季里さん、お酒わけてください」

グラスを差しだすと、季里さんは一升瓶をかかえてイヤイヤをする。

「やだ。私が飲む分がなくなっちゃう……」

今日の季里さんは、間がぬけていて何だか可愛い。

「そんなこと言わずに。季里さんにも、パスタ作ってあげますから」

「ダメだよ。糖質制限中だし……」

「日本酒のみまくって、何が糖質制限ですか。手遅れですから、あきらめて美味しいパスタ食べてください！」

こうして日本酒を手に入れたワタシは、師匠に一皿、そして季里さんに一皿『アサリの酒蒸しスパゲッティ』を作りあげた。

師匠からは、手ぎわが悪い、アサリに火が通りすぎて硬くなっているとダメ出しの連続だったけど、おおむね美味しくできていると合格点をもらった。いつも思うことだけど、何とか褒めて伸ばす感じに方向転換してくれないものだろうか。

貝好きゆえか、糖質制限の反動か、季里さんの食べっぷりは見事なもので、すごく美味しそうに食べてくれるものだから何だか嬉《うれ》しくなってしまう。萱代さんも、季里さんくらい美味しそうに食べてくれればいいのに……。

◇

スターヒルでの宴《うたげ》が終わり、萱代さんの部屋にお邪魔することにした。

持ちだしたボウルを、萱代さんがキッチンで洗っている。ワタシが洗うと申しでたのだけれど、病みあがりなんだから大人しくしてろとキッチンを追いだされてしまった。

「体調はもういいの？」

ソファーに座るワタシに、キッチンから萱代さんの声がひびく。

「えぇ、おかげさまで……」

社交辞令でもなんでもなく、たった一日で回復したのは本当に萱代さんのおかげなのだ。

カブのミネストラを食べさせてくれたり、ホットワインを飲ませてくれたり……あんなに手あつく看病してくれるだなんて、いつもの萱代さんからは考えられない甲斐甲斐《かいがい》しさだ。そりゃ口を開けば、いつもの憎まれ口が飛びだしてたけれど……。

萱代さんが居てくれなかったらきっと、独りきりで心ぼそい時間をすごしていたはずだ。ご飯もろくに食べられずに、今日もまだ寝こんでいたかもしれない。

「あれだけパスタ食べられるんだから、風邪なんてとっくに治ってるでしょ」

憎まれ口をたたきながらリビングにもどってきた萱代さんに、力いっぱいうったえる。

「本当に感謝してるんですからね！」

「え、何？ 何の話？」

突然のうったえに、萱代さんが目を白黒させている。

「看病してくれたこと、ちゃんとお礼を言ってなかったと思って……」

その言葉を聞いて、萱代さんが照れくさそうに頭をかく。

「久しぶりの看病でどうなるかと思ったけど、元気になってくれてよかったよ」

「久し……ぶり？」

しまったとでも言わんばかりの表情で、萱代さんが口をつぐむ。

「前にも誰か、看病してたんですか？」

ワタシの問いには答えずに、仕事机のチェアに身を投げる。

指先をあごに当て何やら思案していたけれど、やがてため息をついてつぶやいた。

「べつに隠すような話でもないか……」

語ってくれたのは、萱代さんのお母さんの話だった。萱代さんが十代のころお母さんが病気がちで、自宅療養するときは師匠が看病することが多かったそうだ。

「親父《おやじ》は店があったから、自然と俺が看《み》ることになったな」

「料理人でしたっけ、お父さん」

親子で料理勝負を繰りひろげたエピソードが頭をよぎる。

「あの男は、母に苦労ばかりかけてたから、父親だなんて認めたくないけどね」

「そんな。お父さんにだって、きっとご事情が……」

「うちの事情なんて、君には解《わか》らないだろ？」

かえす言葉がなかった。たしかによその家庭のことなんて解らないし、首を突っこむべきではないのだろう。でも、親子の仲がわるいだなんて、あまりにも悲しい。

「お父さんって、まだお店やってらっしゃるんですか？」

「ああ。やってるよ」

「今度つれていってくださいよ。ワタシ、ご馳走《ちそう》しますよ！」

いぶかしげな表情で、萱代さんが見つめる。

「何を企《たくら》んでるのか知らないけど、嫌だね。断る」

こんな風に言いきる萱代さんが、考えを改めることなんて絶対にない。何か仲なおりのきっかけでも作れたら……そんな風に考えたのだけれど、見すかされてしまったようだ。

「君といい季里といい、どうしてよその家庭に首を突っこみたがるのか……」

ふてくされた面もちで、萱代さんが言いすてる。

「季里さんも？」

「あぁ。季里から何度、仲なおりしろと言われたことか。余計なお世話だよ、まったく」

お父さんと仲がわるいことや料理勝負の話は、季里さんから教えてもらったことだ。あのときは単に、お仕事のパートナーとして仲がいいだけかと思っていた。けれども今になって考えてみれば、こんなプライベートな話までシェアしてるだなんて、もっと深い関係なんじゃないかと勘ぐりたくなってしまう。

「仲いいんですね。季里さんと」

「べつに、普通だろ？」

「普通じゃないですよ。季里さんってワタシの知らない師匠のこといっぱい知ってるし、それに師匠だって季里さんには……」

ふと、昼間のスターヒルでの一幕が頭にうかぶ。

「何ですか。あーんとかされて。鼻の下のばしちゃって……」

あんなに仲むつまじくイチャつく仲だなんて、思ってもみなかった。

「酔っぱらいのたわむれだろ。付き合い長いんだから、仲がいいのは当たり前だよ」

付き合いの長さで仲の良さが決まるのなら、萱代さんとお父さんなんて一番の仲よしになってしまうじゃないか。

「もしかして……昔の恋人、だったりして」

思わず声がふるえてしまった。

勇気をだして言ったのに、萱代さんはあきれた表情でワタシを見つめるばかりだ。

「どうしてそうなる」

「だって、だって……」

我ながら、面倒な女ムーブしてるんじゃないかと思う。

季里さんに対する劣等感なのかもしれない。あんな知的な立ちまわりなんて、ワタシにはムリだ。お酒を飲んだときの間のぬけた可愛《かわい》らしさや、放っておけない儚《はかな》さだってワタシにはない。それになんと言っても美人だ。何をやっても絵になってしまう。正直言って、うらやましい。

いや、劣等感じゃなくて、こんなの認めたくはないのだけれど、二人の仲の良さにこそ嫉妬しているのかもしれない。もしかしてワタシ、もっと萱代さんに優しくされたい？ もっと仲良くしてほしい？ プライベートも分かちあってほしい？ 独占欲だったりして……ワタシだけを見ててほしいとか？

頭の中がグチャグチャで、何を言いたいのか解らなくなってしまった。いや、そんなの最初から解ってなんかいないけど。昨日萱代さんに看病してもらってからずっと、胸の中がザワザワしっぱなしなのだ。

黙りこむワタシを尻目に、萱代さんは無言でキッチンへ行ってしまった。

あきれられただろうか……。言わなくていいことを言ってしまったと、今さらながら後悔の念がわきあがる。

キッチンから帰ってきた萱代さんが、ソファーの隣にすわる。うつむいたまま黙りこむワタシの目の前に、突如としてワイングラスが差しだされた。

驚いて顔をあげると、あきれ顔の師匠がワインのボトルを掲げていた。

「飲む？」

突然のことに、どう返事をすればいいのか判《わか》らなかった。

「飲まないなら、一人で飲むけど」

「え、あ、飲みま……す」

まさかワインをすすめられるとは、思ってもみなかった。昼間はあんなに「飲むな」って言ってたくせに。

「飲んでも良いんですか？　酔ったらまた迷惑を……」

「今さらでしょ、そんなの」

こんなときでも、相変わらずの憎まれ口だ。

なれた手つきでソムリエナイフを使い、萱代さんがボトルの栓をぬく。フルーティーな香りとともに注がれたのは、淡い彩りの透明なワインだった。

見たことのない彩り……白ワインのようなゴールドがかった色ではなく、かと言ってロゼのようなピンクがかった色でもなく、瑞々《みずみず》しいオレンジの彩りをたたえたワインだ。

「乾杯《サルーテ》」

ワタシをまたずに一人で乾杯すると、萱代さんは先にワインを飲みほしてしまった。そして空になったグラスに、ふたたびワインをそそぐ。

初めてみる彩りのワインを、おっかなびっくり舐《な》めるようにして口にした。柑橘《かんきつ》類のような爽やかな飲み口は白ワインのようだけど、よく味わうと赤ワインのようなシッカリとしたボディーも感じられる。

「不思議な味……」

赤ワインと白ワインの良《い》いとこ取りをしたような、新鮮な味わいだった。

「旨《うま》いだろ？」

「ええ。でも、オレンジ色のワインなんて初めて……」

「白ブドウを赤ワインと同じ方法で仕込むと、こんな色になるんだよね」

赤ワインは、黒ブドウを皮や種と一緒に発酵させるらしい。白ワインは、白ブドウの皮や種を除いてから発酵させる。白ブドウの皮と種を除かず一緒に発酵させたワインが、この『オレンジワイン』なのだそうだ。

「こんなワインがあるだなんて、知りませんでした」

「ジョージアで、八千年も前から造られているワインなんだ。あまり知られてなかったんだけど、一九〇〇年代の終わりにイタリアの生産者がオレンジワインとして作り始めて一気に広がったんだ。いまでは第四のワインとして、ちょっとしたブームになっているよ」

ワインと言えば、赤、白、ロゼだけだと思っていた。八千年も前から造りつづけられているワインが、人しれず存在していただなんて驚きだ。

「でもどうして突然、オレンジワインを？」

いままでに何度もこの部屋でワインをいただく機会があったけど、オレンジワインがテーブルにのぼることなんて一度だってなかった。

ワタシの問いには答えず、萱代さんはふたたびグラスをあおった。そして空になったグラスを見つめながら、静かな声で言った。

「何だか、君みたいなワインだと思ってね……」

ワタシみたいなワイン⁉

どういう意味だろうか。

何度も萱代さんに尋ねてみたのだけれど、それっきり彼が口をひらくことはなかった。師匠の頬がほんのり赤くみえるのは、ワインのせいなのかそれとも……。

古くさい女だと言いたいのか、良いとこ取りしたような奴だと言いたいのか、はたまた他とはちがう存在だと言いたいのか……言葉の真意は測りかねるけど、言われて悪い気はしなかった。

むしろ、こんな素敵なワインに喩《たと》えてくれただなんて嬉《うれ》しいかぎりだ。

「師匠。何だかワタシ、酔っちゃいました！」

萱代さんの隣で、両腕をあげて伸びをする。

「だから少しだけ……」

ソファーに座りなおして、萱代さんの右肩に体をあずける。

「肩を貸してください」

しなだれかかるワタシを拒むでもなく、受けいれるでもなく、萱代さんはただ黙々とオレンジワインを味わいつづけていた。

不器用だなって思う。二人とも。

結婚に失敗した臆病な女と、結婚に興味がない面倒な男。これほど恋愛に発展しづらい二人も珍しい。

季里さんに嫉妬のような感情はおぼえるけども、だからといって師匠に対して恋愛感情をもっているのかと問われれば、そうだと答えられるほどの自信がない。

だから今は、これくらいの距離がちょうど良いんじゃないかと思う。

それきり何も語らなくなった萱代さんだったけど、昨日ホットワインを飲んで眠ってしまった後に、何があったのかは教えてくれた。

酔っぱらって眠ったワタシは、萱代さんの左腕を抱きかかえて離さなかったのだそうだ。引きぬこうとすると、駄々っ子のように嫌がったらしい。何をやってるんだ、ワタシ。

寝いってしまってから引きぬこうと考えていたらしい。けれどもそのままおかしな体勢で眠ってしまい、寝ちがえて左肩を痛めたのだという。

申し訳ないことをしたとは思う。でも、酔っぱらった病人が、無自覚にしでかしたことなのだ。笑って許してほしい。

お昼の「今日は酒をひかえてくれ」という忠告にしたがって、オレンジワインも一杯でやめておこうと思った。

けれども「ワタシのようなワイン」と言われてしまっては、その味をしっかりと憶《おぼ》えておきたくて、一杯でやめることなんてできそうもない。

またもや、ワインで酔ってしまうのだろうか……。

師匠が今度は右肩を痛めたりしないよう、天にいのるばかりだ。

第六幕　対決！　クチーナ・ポーヴェラ

部屋を出た瞬間、真夏の太陽に焼かれそうになった。

いや、UVケアもせずに部屋を出たものだから、実際に日焼けしているかもしれない。

あわてて何度も隣室のドアホンをならす。はやく部屋にいれてほしい！

「いま開けるから！」

スピーカーから、いらだった声がひびく。

「はやく、はやく！　焦げちゃう！」

「はいはい……」

ため息とともに吐きすてられた返事。程なくして開けはなたれるドア。

鈍い音とともに、おでこに激痛がはしった。

「痛いっ！　何するんですか!!」

開けはなたれたドアに、頭をぶつけていた。

「どうしてドアの開く方に立ってるかな……」

仕方ないじゃないか。少しでも早く冷房のきいた部屋に入りたくて、前のめりになっていたのだ。むかえに出てくれた萱代《かやしろ》さんの脇をすり抜け、いそいで部屋へとはいる。

「極楽ですね、この部屋……」

冷房の吹き出し口の前にたち、涼風を一身にうける。

「約束って、夕方じゃなかったっけ？」

「あんまり暑いから、師匠の部屋で涼もうかと思って」

あきれた表情のまま、萱代さんが肩をおとす。

「君の部屋にも、クーラーくらいあるだろ」

「ありますけど節約です！」

「人の部屋に涼みにくるの、やめてもらっていいですかね……」

忌々しげに言いすてる。

「違いますよ。パスタを習いに来たついでに、涼んでるだけですから！」

今日は日曜だけどあまりの暑さに出かける気も失《う》せ、パスタを習いに来ることにした。

夕方からという約束だったのだけれど、早めにお邪魔させてもらったという訳だ。

日曜だと言うのに、萱代さんは仕事のようだ。ワタシの相手なんかしてられないだろうから、ちゃんと夕方まで一人で過ごせるようバッグに雑誌やタブレットやゲーム機を詰め込んできた。独り遊びの準備は万全だ。

「季里《きり》が四時くらいに来るってさ。新しい案件の話とか言ってたな」

PCに向かいながら、思い出したように萱代さんがつぶやいた。

「そうなんですね。日曜に仕事だなんて、季里さんも大変ですね」

「土日関係ないクライアントも多いし、どうしてもね」

みんなと同じタイミングで休めないってのも良し悪《あ》しだなって思う。みんなが休んでいるときに働くのは、損した気分にならないのだろうか。

「ところで大丈夫なの？」

問われて萱代さんを見やると、おでこのあたりを指さしていた。さっきドアにぶつけたおでこのことだろう。指先でふれてみたけど、痛みもなく問題なさそうだ。

「大丈夫……だと思います」

ふと既視感にとらわれる。似たことがあった気がする。

そうだ、最初にこの部屋にお邪魔したときのことだ。萱代さんが開けはなったドアに激突したワタシは、鼻血を出してこの部屋で休ませてもらった。そして感動の素パスタを食べさせたもらったのだ。

あれからもう、一年が経《た》とうとしている……。

ソファーでくつろいで雑誌をながめていると、まどろみに引きこまれそうになる。

日は傾いてきたけれど、窓の外には抜けるような青空が広がり入道雲が湧きたっている。

こんな天気の良い日に冷房のきいた部屋でダラダラするだなんて、すごく贅沢《ぜいたく》な時間の使い方ではないだろうか。最高の休日とは、こういう日のことを言うのだろう。

贅沢を満喫していると、ドアホンがなって来客をつげた。時計をみれば、四時を回ったところだ。きっと季里さんが、打ち合わせにやってきたのだろう。

「わるい、出てくれない？」

萱代さんに請われてドアホンのモニタを覗《のぞ》きこめば、エントランスに立つ季里さんの姿が映しだされていた。

エントランスのロックを解除すると、モニタが建物の中に入る季里さんの姿を映した。

そして連れだって入る男性の姿も……。

「師匠。季里さん、お客さん連れてますよ？」

「おかしいな。来客があるなんて言ってなかったけど……」

お客様が来られるのならばと、散らかし放題のソファー周りをあわてて片付ける。

やがて玄関のドアホンが、季里さんたちの到着をつげる。玄関まで迎えにでてみれば、そこには季里さんともう一人、意外な人物が立っていた。

「ら、雷火《らいか》さま!?」

予想をこえたできごとに遭遇したとき、人はどんな行動をとるのだろうか。

たとえば、不意にとんでもなく嬉しいできごとに遭ったとして、すぐに喜びをあらわにできる人は少ないと思う。同じように不意にとんでもなく悲しいできごとに遭ったとしても、すぐに悲しみをあらわにできる人も少ないだろう。

予想をこえるできごとに遭遇したとき、多くの人は思考が停止してしまい、立ちつくすことしかできないのではないだろうか。

そう、いまのワタシのように。

何を言っているのか解《わか》らないと思うけど、ワタシだって何が起きているのか解らない。とにかく目の前に、ワタシの推しであるところの雷火さまがいらっしゃるのである。世代を問わず世の女性たちを魅了しつづけ、テレビで見かけない日はないという、あの稀代《きたい》の天才イタリアンシェフであらせられるところの萬有《ばんゆう》・ザ・雷火さまが！

「桜馬《おうま》がＯＫしないから、説得のためにクライアント連れてきちゃった」

部屋の中へ招かれた季里さんは、そう言っていたずらっぽく笑った。

思いかえしてみれば半年ほど前、二人は雷火さまのウェブサイト制作を請ける請けないでもめていた。絶対に請けてとねじ込む季里さんに、絶対に請けないと突っぱねる萱代さん……。話は平行線のままで、一旦は季里さんが引いていたはずだ。

なるほど、あきらめてなかったという訳だ。引いたと見せかけて、こうやって一発逆転の大技をねじ込んでくるのだから……さすがは季里さん、戦略家だ。

萱代さんからしてみれば、だまし討ちにあったようなものか。打ち合わせにきた季里さんを迎えてみれば、雷火さままでついて来ているのだから。

師匠の機嫌が悪いのはきっと、そういう理由なのだろう。お客さまの……しかも雷火さまの前だというのに、ソファーに身を投げだす態度は失礼きわまりない。

「久しぶりだな、桜馬」

雷火さまが、萱代さんに声をかける。

え？　ちょっと待って！

いま何て言った!?

たしか「久しぶりだな」と言ったはずだ。しかも「桜馬」と下の名前で呼びかけた。

待て待て、二人は知り合いなの？　下の名前で呼ぶくらいだから、けっこう親しい関係だったりするの!?

「何しに来たんだ。帰れよ」

やばい、ツッコミが追いつかない！　こんなことではまた、玻璃乃《はりの》に怒られてしまう……いや、そうではなくて、ツッコミが追いつかないどころの騒ぎじゃない。久しぶりという挨拶に対して、帰れだなんて！

何なの？　二人は知り合いなの？　しかも仲が悪いの!?

「顔を見にきてやったというのに……相変わらずだな」

雷火さまがあきれて肩をすくめている。

季里さんを見やれば彼女もこの展開におどろいている様子で、なす術《すべ》もなく笑顔を引きつらせていた。二人が知り合いで仲が悪いこと、季里さんも知らなかったようだ。

「何の用だ」

ぶっきらぼうに、萱代さんが言いはなつ。

「デザイナーとして貴様の名前があがるものでな。評判が良《い》いそうだな、貴様の仕事は」

「用件は何だと聞いている！」

「私の仕事を請けたくないと、ゴネているそうじゃないか」

「仕事を選ぶ権利くらい、俺にだってあるだろ」

機嫌の悪さを隠そうともしない萱代さんに対して、余裕の表情で笑みすら浮かべる雷火さま。師匠には悪いけど、まるで役者がちがう……なんてことを思ったのだけれど、口をはさめるような雰囲気ではない。ここは余計な茶々などいれず、黙って見まもるべきだろう。ワタシだって、空気くらい読めるのだ。

「この雷火の仕事を請けたくない……そう言うのだな？」

「そうだ。誰がお前の仕事なんか請けるものか」

「そんな風に言われては、こちらも引きさがれなくなる」

ニヤリと口元をゆがめた雷火さまが、さらに続ける。

「どうだ。久しぶりに料理勝負で決めようじゃないか」

「料理勝負……だと⁉」

「昔よくやっただろう」

料理勝負と聞けば、思い当たる話がある。萱代さんのお父さんの話だ。親子仲が悪くて、喧嘩《けんか》のかわりに、料理勝負をしてたとか……ということは、もしかして萱代さんのお父さんって雷火さまなの⁉

ことの成り行きを見まもっていた季里さんも、驚きに目をしばたたかせている。ワタシと目があうとあわてて駆けより、耳元で声をひそめる。

「百合《ゆり》ちゃん。もしかして萱代さんのお父さんって……」

「どうやら、そうみたいですね」

萱代さんがお父さんと不仲だと教えてくれたのは季里さんだった。けれども、そのお父さんがまさか雷火さまだとは、さすがの季里さんも知らなかったようだ。

「馬鹿じゃないのか。どこぞの料理漫画でもあるまいに」

「そんな馬鹿な勝負をいどみ続けてきたのは誰だったか」

「ぐっ……」

言葉を失う師匠というのも、なかなか珍しい。依然として会話のペースは雷火さまがにぎったままで、萱代さんは防戦一方だ。

「私が勝てば仕事を請ける。貴様が勝ったら請けない。勝てば嫌な仕事から逃げられるし、負けても金が入る。どちらにしても貴様に損がない勝負だ。当然やるだろ？」

「……いいだろう。乗ってやる。ただしこちらにも条件がある」

「何だ。言ってみろ」

「お前が負けたら、二度と俺の前に姿をあらわすな！」

「構わんが、貴様が負けたときはどうする。店に戻ってくるのか？」

「そ、それは……」

ソファーから雷火さまをにらみつつ、萱代さんが唇をかむ。

「どうした。勝てば良いだけのことだ。怖気《おじけ》づいたか」

「い、いいだろう。その条件、受けてたとうじゃないか」

勝負が成立してしまった。しかも話が大きくなってしまっている……。

こんな風に言っては不謹慎かもしれないけど、まさかの展開にあわててしまう反面、期待に胸をふくらませているワタシもいる。季里さんだって例外ではなく、目を輝かせて二人のやり取りを見まもっていた。

「勝負のテーマは何だ」

「クチーナ・ポーヴェラは解るな？」

「では、クチーナ・ポーヴェラを表現したパスタでどうだ。オマエが料理の本質を理解しているかどうか、私が直々に見てやろう」

「当然だ」

「望むところだ！」

萱代さんが応えると、雷火さまは満足げにうなずいた。

「あとは、審査をどうするかだが……」

雷火さまの視線が、ワタシと季里さんで止まる。

「百合子くん……だったかな？」

不意に名を呼ばれ、驚きに目をまるくする。

「ど、どうしてワタシの名前を⁉」

「季里くんに聞いていただけのこと。審査を頼めるかな？」

「はい！　雷火さまの頼みなら喜んで！」

ここで受けなくては女がすたる！　と言うか、雷火さまの料理を食べることができるチャンスなのだ。これを見逃す手はない。

「あの、ファンです！　握手してください！」

空気を読んでいない行動だってことは百も承知だ。いままで推しを目の前におあずけを食らっていたのだ。握手してサインくらいはもらっておかないと、悔やんでも悔やみきれるものではない。

「かまわんよ。サインも必要かな？」

「はい！　お願いします!!」

握手を交わして、バッグから手帳を取りだす。

「そのチャームは、漆塗《うるしぬ》りかな？」

手帳にサインを書きながら、雷火さまがバッグの持ち手にぶら下げたチャームを指さす。

一目で漆塗りだと気づくとは、さすがは雷火さまだ。

桜の蒔絵《まきえ》で彩られたチャームは、元はペンダントトップだったものだ。半年ほど前、母から祖母の形見をゆずりうけた。そう、母が上京したときの、日曜の昼食会《ブランツォ・デラ・ドメニカ》での話だ。

ペンダントを身につける習慣はないのだけれど、大好きだった祖母を身近に感じていたくてチャームとして使っている。

「祖母の形見なんです。実家のあたりは、漆塗りがさかんで……」

「ほぉ、なかなか趣味がいい」

良かったね、お祖母《ばあ》ちゃん！　雷火さまがほめてくれたよ!!

テレビで見る舌鋒《ぜっぽう》するどく毒舌をふりまく姿からは、想像もできないほど気さくで紳士的だ。ワタシの雷火さま大好きゲージが、さらに爆あがりなのだ。

名残《なご》りおしいことではあるのだけれど、勝負の時間と場所を決めると雷火さまは帰ってしまわれた。季里さんがあわてて、雷火さまの後をおって駆けだしていく。

部屋には、萱代さんとワタシがのこされた。萱代さんの機嫌は相変わらず最悪で、何だかいたたまれない気持ちになってしまう。

「萱代さんのお父さんって、雷火さまだったんですね……」

「あんなヤツ、父親でも何でもないね」

忌々しげに、萱代さんが言いすてる。

有名人の父を持つ気持ちなんてよく解らないけど、ワタシだったら誇らしい気持ちになるんじゃないかと思う。でも萱代さんは父親が有名人だということを、こころよく思っていないようだ。

幼い頃から料理の基礎を、厳しく叩《たた》きこまれたのだと教えてくれた。中学や高校の頃は料理人になることに反発してよく喧嘩……と言うか料理勝負をしていたそうだ。

高校を出た後はイタリアにわたり、ナポリとローマのリストランテで修業の日々を過ごしたらしい。料理人にはなりたくない思いとは矛盾していたけれど、実家から離れることができるのならば料理修業でも何でも良かったのだそうだ。ブルーノさんが言っていたナポリの日本人料理人は、やはり萱代さんのことだったのかもしれない。

イタリアから帰国して雷火さまの店で働き始めたけれど、すぐに飛びだしてしまったらしい。どうやらこの辺りで、決定的に仲たがいしたようだ。けれども何があったのかは、詳しく教えてもらえなかった。

天は二物を与えずなんて言うけれども萱代さんは例外のようで、料理の才能の他にデザインの才能にも恵まれていたようだ。季里さんが勤める制作会社でデザイナーとして働き、数年前には独立したのだという。円満退社した制作会社との関係も良好で、いまでも季里さんを介して仕事を請けている。

「料理人に戻らないんですか？　もったいないですよ、本場で修業しておきながら……」

「大きなお世話だね」

徐々にではあるけれど、萱代さんはいつもの調子を取りもどしつつあった。

「負けたら本当に、雷火さまの店にもどるんですか？」

「勝てばいいだけの話だろ」

そうは言うものの、相手はあの雷火さまだ。いま一番予約が取れない人気イタリア料理店のオーナーシェフにして、稀代《きたい》の天才料理人とたたえられる、あの萬有・ザ・雷火さまなのだ。さすがの萱代さんでも、一筋縄ではいかないのではないかと思ってしまう。

「勝負のテーマ、何でしたっけ。クチナシとか何とか……」

「クチーナ・ポーヴェラだ」

あきれ顔で、萱代さんが訂正する。

「そうそう、それそれ。どういう意味なんです？」

「直訳すれば、貧乏人の料理って意味になるかな。クチーナ・リッカ、つまり富豪の料理と対をなす言葉だな。庶民料理と言いかえても良い」

「つまり、庶民が普段食べている料理……ってことですか？」

「そう思ってもらってかまわない。日本で言えば、お惣菜《そうざい》のようなニュアンスかな。粗食という言葉も近い気がするね。かつてのイタリア庶民は、貧しい暮らしを強いられてきた。そんな中で生まれた、身近な食材をうまく使った料理のことを、クチーナ・ポーヴェラと呼んでいるんだ」

なるほど、それならば萱代さんがさっき言っていた、庶民料理という言い方がしっくりとくる。イタリア庶民の家庭の味……という訳だ。

「その中でも、今回はパスタで勝負ですよね？」

「食材も調理方法も限られるし、考えてみればなかなか難しい。審査も大変じゃないかな」

「えぇ!? そこまで考えてなかったです！　どんなパスタがでてくるのやら……」

雷火さまと師匠のパスタを食べくらべできると、よろこんで引きうけたのだけれど、大変なことを引きうけてしまったのではないだろうか。いまさらのように後悔の念が押しよせてくる。

「たとえば前に作ったアーリオ・オーリオ・エ・ペペロンチーノも、クチーナ・ポーヴェラと呼べるだろうね」

「最初に作ってもらった素パスタですね！」

ペペロンチーノか。何もかも、みな懐かしい……。

「素パスタと言えば、さらにシンプルなパスタがあるよ」

「ペペロンチーノよりもですか？」

あれよりもシンプルと言えばもう、茹《ゆ》でたてをそのまま食べるくらいしか思いつかない。

釜揚げパスタとか？　いやまさか、さすがにそんな訳はないだろう。

「あぁ。究極ともいえるシンプルさだ。その名も『パスタ・アル・ブーロ』、ブーロってのはバターのことだね。つまりバターで和《あ》えたパスタだ。伊丹十三《いたみじゅうぞう》が『ヨーロッパ退屈日記』で紹介したことでも有名だよ。彼の紹介したレシピはチーズや黒コショウを加えるものだったけど、基本はバターだけだ」

「バターだけだなんて、たしかに究極ですね……」

さすがに茹でたてパスタを釜揚げで……という訳ではなかったけれど、それでもバターだけとは驚きのシンプルさだ。

「シンプルって意味では『カチョ・エ・ペペ』も忘れちゃいけない。カチョはチーズ、ペペはコショウのことだ。ペコリーノ・ロマーノと黒コショウだけで作るシンプルなパスタで、ローマ三大パスタの一つにも数えられている。でもこれは、クチーナ・ポーヴェラと呼んでいいかどうか迷うところだね」

「え、どうしてです？」

「チーズは高価な食材だったからね。パスタには摺《す》りおろしたチーズをかけることが多いけど、チーズを買えない庶民はモッリーカで代用していたんだ」

「モッリーカ？」

「炒《い》ったパン粉のことさ。別名、貧乏人のチーズだな」

「えぇ！　パスタにパン粉をかけるんですか!?」

「これがけっこう旨《うま》いんだ。パン粉をオリーブオイルで炒って使うんだけど、サクサクとした歯ざわりがいいアクセントになるし、ソースを吸ってパスタにからむと味の一体感が増すからね。固くなってしまったパンを再利用する、生活の知恵なんだ」

「へぇ、工夫が詰まってるんですね！」

炭水化物に炭水化物をかけるだなんて、何という糖質フルな組み合わせ。でも考えてみれば、当時は限られた食材で生きのびなければならなかったのだ。エネルギーの摂取という観点から考えれば、理にかなっているのかもしれない。

「本来モッリーカってのは、パンの白くて柔らかい部分を指す言葉なんだけどね。でもシチリアあたりじゃ、パスタにかけるパン粉のことになってしまう。アンチョビとモッリーカのパスタは、シチリアの名物料理だよ。ナポリあたりじゃないまでも、魚介をつかったパスタにはチーズじゃなくて炒ったパン粉を合わせるのが定番だ」

大活躍じゃないか、パン粉。

「パンの再利用と言えば、トスカーナの郷土料理で『パッパ・アル・ポモドーロ』が有名だね。パッパっていうのは、お粥《かゆ》や離乳食を指す言葉だ。つまり、トマトのパン粥《がゆ》って意味になるかな」

他にもトスカーナには、『パンツァネッラ』というパンを使ったサラダがあると萱代さんが教えてくれた。固くなったパンを水に浸してしぼったあと、トマト、キュウリ、紫タマネギ、バジルと合わせて、酢とオリーブオイルで和えるらしい。暑い日に食べたくなる冷製料理なのだそうだ。

「リボッリータやアクアコッタなんかも、固くなったパンを再利用する料理だね」

「パンを煮たり、水に浸したり、何だかイメージしづらいですね」

頭の中には、水を吸ってふやけた食パンの姿が浮かんでいた。

「トスカーナのパンは、日本のパンとは少し違うからね。小麦粉と酵母と水だけで作るシンプルなパンなんだ。バターや砂糖どころか、塩すら入っていない。塩がまだ高級品だった時代の名残りだね」

「塩も入っていないだなんて、そんなの美味《おい》しいんですか？」

「パンだけで食べると、決して美味しいとは言えないな。味は物たりないし、食べ心地だってモソモソとして喉につっかえる。けれども、トスカーナの味の濃い料理と一緒に食べると、これが旨いんだ。料理の味を確《しっか》り受け止めて膨らませてくれる」

「パンと料理って、切り離せない存在なんですね」

パン自体の美味しさが求められる日本では、ちょっと想像がおよばない感覚だ。

「トスカーナと言えば、忘れちゃいけないのは栗《くり》だね。小麦の採れない山岳地で暮らす人たちにとって、栗は重要な食材だったんだ。秋の終わりに収穫した栗は、もちろんそのまま調理して食べるんだけど、多くは乾燥させて栗粉にする。カスタニャッチョという栗粉のケーキを焼いたり、小麦粉のかさ増しに使われたんだ」

「日本でお米のかさ増しに、粟《あわ》や稗《ひえ》が使われてたのと似てますね」

「国は違えど、庶民は生きていくために工夫を重ねてきたんだ」

「イタリアでは、お米も食べるんでしょ？」

「北イタリアでは稲作が盛んで、米をよく食べるね。バターで炒《いた》めた米をブイヨンで煮立てたリゾットは日本でも有名だし、アランチーニやスップリと呼ばれるライスコロッケも人気がある。あとはサラダに仕立てたり、ドルチェにだって使う。君が寝こんだときに作った料理みたいに、ミネストラの具としてもよく使われるんだ」

そこまで言うと萱代さんは、急に言葉を止めて何やら考えこんでしまった。

「どうかしました？」

「いや、ちょっと思いついたって言うか……」

「何です？」

「イタリアの料理って、意外と日本人の好みに合うものが多いんだよね」

言われてみれば麺好きの日本人にロングパスタは抵抗なく受け入れられるし、リゾットだって雑炊みたいでこれまた抵抗を感じない。萱代さんが作ってくれたミネストラだって、お粥みたいで美味しかった。

「もしかして勝負パスタ、決まったんですか？」

「あぁ、いま思いついた」

「何です？　教えてください！」

萱代さんが、あの雷火さまに挑むパスタだ。否《いや》が応《おう》でも期待が高まってしまう。

「いや、教えられないな」

「どうしてですか！」

「審査員に、何を作るか教えられる訳ないだろ」

そうだった！　ワタシが審査するんだった!!

「えー、気になりますよ！　ヒントだけでも！」

「そうだな……。シチリアじゃ炒ったパン粉をモッリーカって呼んでるけど、トスカーナじゃブリチョレって呼ぶんだ。これはそのまま、パン粉っていう意味だな」

「豆知識はいいですから、ちゃんと教えてくださいよ！」

「駄目だね。いまから試作するから、帰った、帰った！」

勝負パスタを教えてもらえないまま、萱代さんの部屋から追いだされてしまった。

萱代さんは、イタリアの料理が日本人の好みに合うと言っていた。つまりは、日本人好みの味を見つけた……ということだろうか。

それにブリチョレ……。炒ったパン粉のことだって言ってたけど、やっぱりパスタにふりかけたりするのだろうか。

考えてみたところで萱代さんがどんなパスタを作るのか解《わか》るはずもなく、勝負の日まで悶々《もんもん》とした気分で過ごすことになるのであった。

◇

いよいよこの日がやって来た。萱代さんと雷火さまの、パスタ勝負の日だ。

決戦の場所は、いま一番予約が取れないイタリア料理店『リストランテ雷火』……そう、雷火さまのお店だ。定休日の今日、このお店のキッチンで勝負がおこなわれる。

ワタシと季里さんそして萱代さんの三人で店の前に立ち、バロック様式を取りいれた豪《ごう》奢《しゃ》な建物を見あげた。まぶしさに思わず目をほそめる。照りつける太陽はすでに高く、澄みわたる夏空に白亜のしつらえが冴《さ》えていた。

「相変わらず、スカした店だな」

萱代さんが吐きすてるように言う。よほどにがい思い出があるらしい。

「師匠、大丈夫なんですか？」

「あぁ、準備万端ととのっているよ」

自信満々に答えて、肩から下げたクーラーボックスを叩《たた》いてみせた。どうやらあの中に、勝負で使う食材が入っているらしい。

萱代さんを先頭に、お店の中へと踏みいる。

空調のきいた冷たい空気に背筋がのびる。広々とした店内は休業日だと言うのに明かりがともされ、いつでもお客を迎えられる状態のように見えた。バロック様式の内装は荘厳にして、落ちついた雰囲気をかもしている。見た感じ、ざっと五十席ほどあるだろうか。クロスを掛けられた四人がけのテーブルが、整然と並んでいた。

ホールの奥、厨房《ちゅうぼう》への入口あたりに、スタッフらしき人たちが十人ほどたむろしていた。萱代さんの姿に気づくと、みんなが師匠のもとへ駆けよってくる。

「お元気でしたか！」

萱代さんをかこんで、再会を喜んでいる。

「勘弁してくれよ。俺はもう、この店の人間じゃないんだから」

照れた笑みを浮かべながら、萱代さんが応える。意外なことに……と言っては萱代さんに怒られそうだけど、スタッフからは慕われているらしい。

「何ごとだ、騒々しい！」

奥の厨房から怒声がひびく。

厨房から姿を現したのは、コックコート姿の雷火さまだった。

「ほぉ、来たか。逃げださなかったことだけは褒《ほ》めてやろう」

不敵な笑みを浮かべる雷火さまを、萱代さんがにらみつける。

「傲慢にのびた鼻、すぐに叩き折ってやる。覚悟しろ！」

「でかい口を叩くようになった。始めるぞ。さっさと準備しろ！」

萱代さんの挑発を余裕でかわすと、雷火さまは厨房へと戻っていった。

スタッフにうながされ、萱代さんはロッカールームへと向かう。季里さんとワタシは一足先に厨房にはいり、勝負の開始をまつことにした。厨房の中はひときわ明るく、タイル張りの壁にステンレスの厨房機器、そして沢山の鍋やフライパン……そのどれもが輝きを放つほどに磨きあげられている。

初めて立ちいる厨房が珍しくてあちらこちらと見まわしていると、コックコートに身を包んだ萱代さんが姿をあらわした。見なれたエプロン姿とはまるで雰囲気がちがう。身内《みうち》贔屓《びいき》をする訳ではないけれど、けっこうサマになっているんじゃないかと思う。料理に挑む真摯《しんし》な姿勢が伝わってくるようだ。

「待たせたな」

萱代さんと雷火さまが相対《あいたい》する。

勝負を前にして、双方気合充分。二人の間に、火花が散っているかのようだ。

「パスタ場《ば》は貴様が使え。私はこっちでやる」

スタッフの一人が、雷火さまが居るのは第二の皿《セコンド・ピアット》を調理する場所だと教えてくれた。

「桜馬、調理に何分必要だ」

「一五分だな」

「では二〇分後に試食を開始する。それまでに仕上げろ」

雷火さまが目で合図を送ると、スタッフの一人がタイマーをセットする。

いよいよ始まる。どんな勝負になるのか、期待に胸が高鳴ってしまう。

「準備はいいな？　始めようじゃないか」

「望むところだ」

「調理開始《イニツィア・クチナーレ》！」

雷火さまの号令で、二人が調理にとりかかる。

萱代さんは持ち込んだクーラーバッグの中から、ラップに包まれた塊を取りだした。ラップをはがしていくと、中から白い粘土のようなものが姿をあらわす。

「ほぉ、生パスタで勝負か……」

　スタッフの一人がつぶやく。

　パスタ生地を棒状に伸ばすと、スケッパーで切りわけていく。そしてそのうちの一個を手にとると、打粉をした台で転がして紐《ひも》のように伸ばしはじめた。指先をたくみに使って一本を伸ばし終わると、また一本、そしてまた次の一本と、次々に麺を形づくっていく。

「何だか、うどんみたいね」

　季里さんも巧《うま》いことを言ったものだ。言い得て妙《みょう》とはこのこと、萱代さんが伸ばしている麺はスパゲッティよりはるかに太いし、色も白いからうどんのように見える。

　雷火さまはどんなパスタを作っているのかと見やれば、寸胴を火にかけただけで「いまはまだその刻《とき》ではない」とでも言わんばかりに、腕を組んで静かに目をとじていた。

　麺を伸ばしおえた萱代さんは、クーラボックスからパンを取りだす。見た目、短いフランスパンといった面もち……あれが先日教えてもらったトスカーナのパンなのだろうか。パンをスライスしていく様子から、乾いてかなり固くなっているように見える。

　時計を見やれば、すでに一〇分ほどが経過していた。調理時間の半分が終わってしまったのだ……二人はあと一〇分で、パスタを仕上げることができるのだろうか。

「動き出したわよ、雷火さん」

　季里さんに教えられて雷火さまを見れば、スパゲッティの乾麺を鍋の上にかかげるところだった。スパゲッティの束を絞るようにひねったかと思うと、次の瞬間には鍋の中に放っていた。鍋底に付いたスパゲッティの束は、まるで花が咲くかのように寸胴の中で美しく広がった。

スパゲッティをすべて湯の中に沈めると、雷火さまは再び腕を組んで静かに目を閉じる。パスタを茹《ゆ》でる以外に何もしていないようだけど、大丈夫なのだろうか。何を作ろうとしているのか、まるで見当もつかない。

萱代さんは、フライパンでオリーブオイルを熱したところへ小さく刻んだパンを入れて炒《い》りはじめていた。パンの焼けるいい匂いがただよい始める。さすがにこれは判《わか》る。ブリチョレってヤツを作っているのだ。そう、炒ったパン粉を、チーズの代わりにふりかけるつもりなのだ。

炒りあがったパン粉を皿にうつすと、萱代さんはクーラーボックスの中から、白いタマネギのような野菜を取りだした。しかし、タマネギにしては小さく、エシャロットとも違うように見える。

「もしかしてニンニク⁉」

小房に分けていく様子を見ながら、季里さんがつぶやく。言われてみれば、ニンニクに見えなくもない。けれども、どう考えても大きすぎる。普通のニンニクの五倍以上の大きさがあるのではないだろうか。

見る間に房が分けられ、皮がむかれていく。皮をむいた姿を見ると、やはりニンニクのように見える。そしてやはり異様に大きい。

萱代さんは巨大なニンニクをみじん切りにすると、唐辛子、オリーブオイルとともにフライパンに入れて火にかけた。きっとアーリオ・オーリオ……つまりはニンニクとオリーブオイルのソースを作っているのだ。けれども、あの大きなニンニクからどんな味わいが生まれるのか、まるで想像がつかない。

やがてニンニクが焼けるいい匂いが漂いはじめる。香りもやっぱりニンニクだ。この香りを嗅いでいると、どうにもお腹《なか》がなってしまいそうになる。どうしてこうもニンニクの焼ける匂いというのは、食欲を刺激するのだろうか。

ここへ来て、やっと雷火さまが動きだす。ニンニクを半分に切り、切り口をボウルの底にこすりつける。そして、みじん切りにした唐辛子をボウルに入れた。レモンの搾り汁とオリーブオイル、そして小瓶に入った薄茶色の調味料をボウルに加える。

何だろう、あの調味料は。醤油《しょうゆ》にしては色が薄いし、ビネガーのたぐいにしては色が濃い。香りがヒントにならないかと思ったけど、ワタシたちが居る場所までは匂ってこなかった。雷火さまは寸胴からパスタの茹で汁をとると、ボウルに加えて混ぜはじめた。

萱代さんはボイラーの湯の中へ生パスタをさばき入れているところだった。師匠もまたパスタの茹で汁をとり、フライパンのソースに加えて混ぜはじめる。

二人がパスタを引き上げるタイミングは、ほぼ同時だった。

萱代さんはフライパンのソースの中にパスタをうつし、オリーブオイルと刻んだイタリアンパセリで仕上げる。皿に盛りつけて炒ったパン粉をちらした。

「ピチ・コン・レ・ブリチョレ、完成だ」

雷火さまは、ボウルにスパゲッティを加えてよく和《あ》える。皿に盛りつけると、くし切りにしたレモンを添えた。

「スパゲッティ・コン・コラトゥーラ、完成だ」

こうして、二人の皿はほぼ同時に完成したのだった。

試食は、ワタシと季里さんの二人で行うことになっている。けれども予定通り、審査をするのはワタシ一人だ。ホールへ向かうと、すでにスタッフの手でテーブルがセットされていた。

わずかばかり先に仕上がった、萱代さんのパスタから試食することになった。プロの給仕がよどみのない所作で、パスタの皿をテーブルまで運んでくれた。

「さぁ、召し上がれ《ボナペティート》」

萱代さんのすすめに、フォークを手にとる。

「ピチ・コン・レ・ブリチョレ……ピチのパン粉がけ。トスカーナ地方に伝わるクチーナ・ポーヴェラだ。まずは食べてみてほしい」

調理中のパスタを見て、季里さんがうどんのようだと言っていたけど、目の前に供されたパスタは本当にうどんのように見える。フォークに巻きつけ口へと運ぶ。

噛《か》みごたえといいコシの強さといい、これはまさにうどんの味わいだ。噛むほどに小麦の香りが口いっぱいに広がっていく。遠く離れたトスカーナの地に、こんなにも日本の麺と似たパスタがあるだなんて驚きだ。

ニンニクとオリーブオイルのソースが、この日本的情緒をたたえたパスタによく合っている。巨大な容姿に反して、味わいはとても繊細だ。ニンニク特有の刺激的な香りはひかえめで、タマネギのような甘みを感じる。

そしてこのパン粉だ。ザクザクとしたパン粉の歯ざわりと、もっちりとしたパスタの歯ごたえのコントラストが思いのほか心地よく、いつまでも食べ続けていたくなる。

「さて、いま食べてもらったのは、ピチと呼ばれるトスカーナはシエーナという街が発祥のパスタだ。乾燥パスタに使われるデュラム小麦ではなく、ピチは軟質小麦を使って作る。日本の小麦粉であれば、薄力粉から中力粉あたりが軟質小麦に該当する。今回は国産小麦の中力粉を使った」

乾燥パスタに使われるのは、デュラム小麦のセモリナ粉だけと決まっている……萱代さんから、そう教わっている。デュラム小麦はグルテンを多く含んでいて、コシが強い麺に仕上がるのだそうだ。

乾麺でなければ、ほかの小麦で作るパスタもある。考えてみればパスタは、パンと並んでイタリアの主食だ。乾燥パスタはデュラム・セモリナに限定していることも、生パスタに使用する小麦にバリエーションがあることも、主食に対するこだわりなのだろう。

「ピチのレシピは、小麦粉と水だけで作る質素なものだ。最近では味の良さを求めて、全卵や卵白を用いるもの、オリーブオイルを用いるものなどバリエーションが生まれている。だが今回は、伝統的な小麦粉と水だけのレシピで作った。食べてもらった通り、味わいとしてうどんに近い。日本人にも馴染《なじみ》みぶかい味だ」

なるほど、中力粉と水だけで作ったとなれば、それは全くもってうどんと同じだ。似ているどころではない。

「トスカーナでは、ピチは様々なソースと合わせて食べられている。太くて食べごたえがあるから、パスタに負けない濃厚なソースと合わせることが多い。リストランテでは、猪《いのしし》や野兎《のうさぎ》のラグーや、ポルチーニ茸《だけ》のクリームソースと合わせることが多いが、クチーナ・ポーヴェラといえばやはり、アリオーネを使ったソースだろう」

「アリオーネって、さっきの大きなニンニクのことですか？」

あの巨大ニンニクのこと、ずっと気になっていたのだ。

「そう。アリオーネは、トスカーナ特産のニンニクだ。一般的なニンニクの八倍ほどの大きさがあるが、風味はマイルドで刺激や匂いが少ない。見た目とは反対の、繊細な味わいが特徴だ。残念ながら日本ではアリオーネの入手が難しいため、かわりに鹿児島産のジャンボニンニクを使った。刺激が少なくマイルドな味わいは、アリオーネの味わいにかなり近いはずだ。トマトを合わせるレシピも人気があるが、今回は昔ながらのレシピで作り、仕上げにブリチョレを振りかけた。この炒ったパン粉は、クチーナ・ポーヴェラと呼ぶにふさわしい知恵と工夫の結晶だ」

パスタへの印象が塗り替えられてしまう、驚きの一皿だった。

うどんのようなパスタがあることも驚きだし、ジャンボニンニクのほっこりとした味わいも新鮮だった。そして仕上げのブリチョレだ。チーズのような重厚さはないけれど、ザクザクとした食感が加わることでパスタの美味《おい》しさが膨らんだような気がする。それでいて固くなったパンの再利用だというのだから、この知恵には頭がさがる思いだ。

萱代さんが解説を終えると、沈黙を守っていた雷火さまが一歩前へと踏みだした。

「気づかった点は何だ？」

「……どういう意味だ」

怪訝《けげん》な表情で萱代さんが訊《き》きかえす。

「何にこだわって作ったのかと訊いている」

「本物であることだ。食材こそ日本のものだが、このパスタにはトスカーナ料理の精神が込められている。これは紛れもなく本物のトスカーナ料理であり、そしてクチーナ・ポーヴェラだ」

「それだけか？」

「当然、食材にもこだわっている。パスタとパンには、安全で風味の良い国産小麦を使った。いまが旬のジャンボニンニクを使い、オリーブオイルだって最高のものを用意している。調理にも注意をはらい、手をぬくことなく丁寧に仕上げた」

次第に萱代さんの語気が強まっていく。

「本当にそれだけなのか？」

「最高の素材を、最高の技術で丁寧に仕上げる……これ以上、何が必要だと言うんだ！」

突如として雷火さまの高笑いがホールに響く。

「だから貴様には、料理の本質が見えていないと言うのだ」

「何だと!?」

にらみつける萱代さんの視線をものともせず、雷火さまは料理を運ぶようスタッフに伝えた。雷火さまの皿が目の前にサーブされる。スパゲッティにソースを絡ませただけの極めてシンプルなパスタだ。

ホールに、ニンニクとオリーブオイルの香りが漂いはじめる。そして二つの香りに隠れるように……いや、引き立てられるようにしてもう一つの香りがある。

魚介を思わせるこの香りが、ニンニク以上に食欲を刺激する。そればかりではなく、どこかで嗅いだことがある懐かしい香りだ。記憶をたどってみたのだけれど、何の香りなのか思いだすことができなかった。

「スパゲッティ・コン・コラトゥーラ……」

雷火さまがパスタの皿を指しめす。

「まずはご賞味《ボナペティート》あれ」

うながされるがまま、スパゲッティをフォークに巻いて口にはこぶ。

一口食べた瞬間、口の中に海が広がった。

魚だ。魚の旨《うま》みを濃縮した、芳醇《ほうじゅん》な味わいが口いっぱいに広がっていく。

美味しい……。

文句なしに美味しい……。

そして何だろう、この懐かしさは。やっぱりワタシ、この味と香りを知っている！

「……百合ちゃん、大丈夫？」

心配そうに季里さんが、ワタシの顔を覗《のぞ》きこんでいた。

「大丈夫って……何が？」

「何だか放心してるし。それに、涙が……」

言われて目じりに指をやれば、指先が涙にぬれた。いつの間に泣いていたのだろうか。

涙が止めどなく流れて頬をぬらす。

「だって、このパスタが……」

そう、この料理の味が、香りが、なぜかワタシの心の深い部分を揺さぶるのだ。懐かしい味、かつて食べたことのある味……すっかり忘れていた、この味わい。

「このパスタ……何が……」

この味わいは何なのかと訊きたかったのだけれど、涙声になってしまいまともにしゃべることができなかった。萱代さんやお店のスタッフも、何が起こっているのかとざわめくばかりだ。

やがて、みんなの注目が雷火さまに集まる。

その場にいる全員の疑問に答えるかのように、雷火さまが静かに口をひらいた。

「いしるだ。奥能登《おくのと》のいしるを使った」

そうだ！　いしるだ!!

子供の頃からずっと食べていた味。いしるの味だ。

どうして忘れていたのだろうか。あんなにもなれ親しんだ味だというのに。

魚の旨みを凝縮したいしるの香りに、オリーブオイルの気品のある香りと、ニンニクの刺激的な香りが重なる。まさに香りの三重奏……素晴らしいハーモニーを奏でながら、香りが鼻へと抜けていく。

美味しい……。

ただただ美味しい……。

パスタをたぐる手が止まらない。むさぼるようにして、あっという間に一皿のスパゲッティを食べつくしてしまった。

「ご堪能《たんのう》いただけたかな？」

ワタシの食べっぷりを見て、雷火さまが満足げにうなずいている。

「美味しかったです。そして懐かしい味……。どうしてこの味を？」

まるでワタシの故郷が、能登にあると知っているかのようだ。

「出身は輪島《わじま》であろう。いしるで育った人間に、いしるを供するのは自然なこと」

「ワタシが輪島出身だって、ご存じだったんですか⁉」

雷火さまに出身地を教えた憶《おぼ》えなんてない。

「漆塗《うるしぬ》りのチャームから、察しをつけたまでのこと」

「あれが輪島塗りだと、ひと目で⁉」

「呂色《ろいろ》の美しさはもとより、やはり蒔絵《まきえ》に特徴がある。そう難しいことではない」

いくら蒔絵に特徴があろうとも、ひと目で見わけてしまうだなんて驚きだ。

雷火さまとのやり取りを聞いていた季里さんが、隣で不思議そうな顔をしている。

「あの、いしるって……何なの？」

季里さんの問いかけに、スタッフの何人かも深くうなずいている。みんなの疑問に答えるように雷火さまが説明を始める。

「いしるとは、奥能登で昔から造られている魚醤《ぎょしょう》のことだ。秋田のしょっつる、香川のいかなご醤油《しょうゆ》とならんで、日本三大魚醤にも数えられている。魚を塩漬けにして発酵させた汁を調味料として用いるもので、奥能登ではイワシやサバを使って仕込むことが多い。同じ奥能登でも内浦《うちうら》のあたりでは、イカのワタを使ったいしるも造られている。今回は輪島で一般的な、イワシのいしるを用いた」

「その、いしるってのは、どんな料理に使うの?」

季里さんの問いかけに、雷火さまがそっとワタシを手で指しめす。ワタシの方が答えるに適任だ……そういうことだろう。

「ワタシの実家では、日常的に使ってました。醤油の代わりに使うと考えてもらえば、ほぼ間違いないです。鍋物や煮物、味噌汁《みそしる》にだって使うし、お刺身だっていしるで食べますし。あと、いしるで野菜を浅漬けにしたり……」

感心したように、季里さんがうなずいている。

ふたたび、雷火さまの解説がはじまる。

「魚醤は日本のみならず、東南アジアの沿岸地域で多く用いられてきた。タイのナンプラー、ベトナムのヌクマムあたりは有名だが、他にもフィリピンのパティス、カンボジアのトゥック・トレイ、ラオスのナンパー、ミャンマーのンガンピャーイェー、インドネシアのケチャップ・イカンなど、挙げればキリがない」

ここまで話すと、雷火さまは言葉を切った。

そしてみんなを見まわすと、一呼吸おいた後にふたたび言葉をついだ。

「そしてイタリアにも、魚醤を造っている街がある」

「え？　魚醤って、アジア圏だけのものじゃないんですか？」

「イタリアはイワシの塩漬《しおづ》け……つまりアンチョビを食べる国だ。副産物とも言える魚醤があっても、何も不思議はない。アマルフィ海岸にあるチェターラという漁師街で『コラトゥーラ』と呼ばれる魚醤が造られている。そしてこの魚醤を用いた郷土料理が、先ほどご賞味いただいた『スパゲッティ・コン・コラトゥーラ』だ。今回はコラトゥーラの代わりにいしるを用いたが、どちらもイワシを塩で仕込んだ魚醤だ、本場と変わらない味わいを楽しんでいただけたことと思う」

料理の説明を終えた雷火さまの視線は、萱代さんへと注がれる。雷火さまのパスタの試食が始まってからずっと、萱代さんは唇をかみしめてうつむいたままだ。

「さて、桜馬。勝負はどちらの勝ちだ？」

「くっ……」

さらに唇を噛《か》みしめる。

「どちらの勝ちだと訊いている」

「……答えるまでもない。宇久田《うくた》さんを見れば判《わか》る」

絞りだすように師匠が答える。

「ほぉ、負けを認めるか。では、貴様はなぜ負けた。貴様にたりないものは何だ？」

「そ、それは……」

「解《わか》らんのか。まだ解らんとは情けない」

見くだすかのような雷火さまの視線をさけ、萱代さんが顔をそむける。

そして、わずかばかりの沈黙がながれた。

「貴様は一体、誰のためにこの料理を作ったのだ」

ハッとして萱代さんが顔をあげる。

その様子を見た雷火さまが、深いため息をついた。

「仕方がない。少し物を教えてやろう……」

両の手のひらを天にむけて肩をすくめると、雷火さまが語りはじめる。

「郷土愛主義《カンパニリズモ》という言葉がある。かつてイタリアにはどんな街にでも、たとえ小さな村であっても必ず教会があり、その教会には必ずカンパニーレ……つまり鐘楼《しょうろう》があった。人々は教会の鐘の音を頼りに生活していたのだ。朝の鐘が響けば仕事に向かい、夕方の鐘が響けば家へと帰る。そうやって教会の鐘の音は、長い間人々の生活の中に根づいてきたのだ。そしてこの鐘の音が聞こえる範囲こそが自らが暮らす地域であり、その地域に対する愛着こそがカンパニリズモなのだ」

「そんなことは知っている。それがどうしたというんだ」

憮然《ぶぜん》とした態度のまま、萱代さんが言いすてる。

彼の言葉を無視するかのように、雷火さまは続ける。

「クチーナ・ポーヴェラ、つまり庶民の料理を考えるとき、カンパニリズモを避けては理解がおよばない。地域ごとに採れる食材があり、その食材を使って地域ごとの料理が生まれた。この場合の地域とは単に場所の区切りのことではなく、生活の共同体のことを指している。そして最小の共同体は家族だ。イタリアの母親は家族のために、たとえ貧しい食材しか手に入らなくとも、美味《うま》く食べられるよう思いやりと工夫をこらしてきた。そしてその味は地域に広がり、さらには親から子へと伝わっていく。そうやって受け継がれてきた料理が家庭の味として、そして地域の味として、ひいては郷土の味として受け継がれてきたのだ。その地に住む誰もがそのことを知っていて、誰もがそのことを誇りに思っている。そして郷土の味になみなみならぬ愛着をもち、郷土の味こそが一番だと信じている。つまりクチーナ・ポーヴェラとは、家族への、ひいては郷土への思いやりの集大成でもあるのだ」

顔をそむけながらも、萱代さんが真剣な面持ちで耳をかたむけている。

雷火さまは、なおも続ける……。

「今回の勝負にクチーナ・ポーヴェラを持ち出したのは、貴様がどれだけ料理の本質を理解しているのか測りたかったからだ。料理とはやはり、食べる者のためにある。食べる者のことをどこまで思いやることができるのか、それこそが料理の本質なのだ。脈々と受け継がれてきた思いやりの集大成こそがクチーナ・ポーヴェラだとするならば、これほど本質の理解を測るにうってつけの料理はない。本質を外した料理はいくら美味かろうが、たんなる腕自慢、食材自慢に堕《だ》してしまうのだ……」

水をうったように、ホールが静まりかえっている。

雷火さまが歩みでて、萱代さんの前にたつ。

「解るか、桜馬。貴様の料理にたりないものが……」

◇

勝負を終えた後、季里さんに車で送ってもらった。季里さんはワタシたち二人をマンションの前で降ろすと、萱代さんの部屋によらずに帰ってしまった。きっと元気のない萱代さんと、一緒にいることがいたたまれないのだろう。

帰りの車の中でずっと、萱代さんは黙りこんだままだった。話しかけてもずっと生返事で、窓の外ばかりながめていた。あれだけ意気ごんで挑んだ勝負に負けたのだ。落ちこんでしまうのも無理はない。

萱代さん独りで落ちこんだ方が良《い》いかと思い、自分の部屋へ帰ろうかとも思った。けれどもこんなときに側にいてあげるのも弟子の務めかと思いなおして、萱代さんの部屋へと上がりこんだ。帰ってからずっと、萱代さんはソファーに身を投げてぼんやりと宙をながめたままだ。

「負けちゃいましたね、師匠」

「そうだな……」

「でも、師匠のパスタも美味《おい》しかったですよ」

「やめろよ。なぐさめなんて……」

相変わらずの生返事だ。

「雷火さまのお店にもどらないんですか？」

「言ってただろ。無能はいらないって」

「あんなの、絶対に本心じゃないですよ……」

そう、勝負に負けたら店に戻るという約束だったのだ。しかし雷火さまは「料理の本質も理解しない無能など、うちの店には必要ない！」と言いはなち、萱代さんを追いかえしてしまった。

雷火さまも戻ってきてほしいのなら、勝負なんてふっかけずに「戻ってきてくれ」と言えばいいのに。親子そろって、本当に素直じゃない。

そう言えば萱代さんが家を飛びでた原因……そう二人が決定的に仲たがいした原因を、まだ教えてもらっていなかった。でもそんなもの、聞かない方がいいのかもしれない。もしも人の生死に関わるような原因だったら、そんな話を聞かされても受け止めきれるものではない。

まぁ、でも、きっと、つまらない原因なんじゃないかとは思っている。たとえば、萱代さんが大切にしまっておいたプリンを、雷火さまがだまって食べてしまったとか……そういうレベルのつまらなさだ。

いずれにせよ、親子の問題なのだ。他人が無神経に踏みこむべきではないだろう。師匠の気がむけば、そのうち教えてくれるかもしれない。

「ねぇ、師匠！」

「ん？　てか、師匠って呼ぶな……」

「お腹《なか》空きません？」

「空かないな。飯なんて食う気分じゃないよ」

萱代さんの返事を無視して、キッチンにはいる。

そして鍋に水をはって火にかけた。

「空いてなくても良いですから、試食してくださいよ。パスタ作りますから」

「何だ、そりゃ……」

お腹が空くと、ろくなことがない。落ち込んでいるときほど、ちゃんと食べて元気を取りもどすべきなのだ……これはワタシの持論だ。

「ちゃんと美味しいの作りますから……ね！」

言いながら、エプロンを腰にまく。

湯が沸くまでの間に、材料の準備だ。グアンチャーレの塊を、一センチくらいの厚切りにして、そこから一センチ幅の拍子切りに。

濃厚に仕上げたいから、卵黄はいつもより多めに。ボウルに卵黄を入れ、摺《す》りおろしたペコリーノ・ロマーノ、挽《ひ》きたての黒コショウともに混ぜあわせていく。

「何を作ってるのかな？」

ソファーに身を投げたままの師匠が、力なく声をあげた。

「音で判るでしょうに……」

卵を割る音を聞いただけで、なにを作っているか判るはずだ。卵を使うパスタなんて、そう多くはない。

「判ってはいるんだけどさ。無謀な挑戦してるな……って思ってね」

「おほほほほ。大船に乗った気分でお任せあれぇ～」

「……泥舟じゃなきゃいいけど」

また憎たらしいことを……。

でも、嫌みを言う元気が戻ってきたのなら、喜ばしいことだ。

沸騰した湯に塩をいれ、リガトーニを茹《ゆ》ではじめる。太い筒状のリガトーニは、モッチリとしていて食べごたえ充分。濃厚なソースによく合うはずだ。

隣でフライパンを弱火にかけ、グアンチャーレから脂を引きだしていく。ほどなくして、脂の焼ける芳《こう》ばしい香りがキッチンに漂いはじめた。

「いい匂いがしてきたな」

鼻をひくつかせながら、萱代さんがソファーの上で身をおこす。

「お腹空いてきたでしょ？」

「んー、そうでもないかな」

ほんと素直じゃない。でも、今日のところは許してさしあげましょう。

「顔でも洗ってきたらどうです？　サッパリしますよ」

「そうだな……」

スリッパの音を響かせながら、萱代さんは洗面所へと姿をけした。

グアンチャーレから充分に脂がでたら、茹で汁を加えてよく混ぜる。あとは、パスタの茹で上がりを待つばかりだ。

気がつけば、萱代さんがキッチンを覗《のぞ》きこんでいた。

「代わろうか？」

「手だし無用！」

「大丈夫なの？　本当に」

「心配無用！」

などと威勢よく断ってみたものの、正直に言うと自信はない。ここからが難しいところなのだ。

茹で上がったリガトーニをフライパンに移して、グアンチャーレのソースをからめる。

ほどよく熱がちったら、さぁ、ここからが勝負だ！

ボウルから卵のソースを混ぜあわせ、フライパンをあおっていく。

まだソースがゆるい。コンロに火をつけて、フライパンの底を遠火であぶる。

けっして火が通りすぎないように……。

けっして卵が固まりすぎないように……。

混ぜる手をとめないで。

絶妙なとろみがつくように。

ここだ！

ギリギリのところを見さだめて火をとめる。これ以上ソースに熱がはいらないように、いそいで温めておいた皿へと盛りつけた。仕上げに挽きたての黒コショウをかけて完成だ！

「おまたせしました。リガトーニ・アッラ・カルボナーラでございます」

少し気取って、ダイニングテーブルの萱代さんにサーブする。

大きな筒状のリガトーニが、トロリとしたソースをまとって美味しそうな湯気をたてている。我ながら、上手にできたんじゃないかと思う。師匠は何て言うだろうか。感想が待ちどおしくてたまらない。

けれども師匠は、カルボナーラの皿を前にして、あっけにとられている様子だ。

「もう！　熱いうちに食べてくださいよ！」

「お、おぉ。これって、君が作ったんだよね？」

「作るとこ見てたでしょうに。早く食べてくださいってば！」

急《せ》きたてられて、萱代さんがリガトーニを口へとはこぶ。ゆっくりとした咀嚼《そしゃく》。突然のように眉根をよせる。しかめっ面のまま、テーブルにフォークを置いた。そのまま口もとに手をそえて、何やら考えこんでしまった。

「も、もしかして、美味しくないですか？」

精一杯やったつもりだ。これでダメならば、カルボナーラなどという呪われたレシピは永遠に封印するしかない。

「おどろいたな……」

「え、やっぱりダメですか？」

泣きそうになってしまう。

「いや……。美味しい」

「本当ですか！　え、ちょ⁉　本当に⁇」

「あぁ。火の通し方も完璧だ……」

力強くうなずくと萱代さんはフォークを手にとって、ふたたびパスタを食べはじめた。

「よっしゃぁ！」

思わず叫んでガッツポーズをキメる。

嬉《うれ》しい……。

ただただ嬉しい……。

師匠が「美味しい」と言ってくれるだなんて！

まともに「美味しい」と評価してくれたのは、もしかすると初めてじゃないだろうか。

大抵は「まずい」とつぶやいてからのダメ出しだ。たまに上手にできたと思っても、「悪くない」とつぶやいてからのダメ出しなのだ。この「美味しい」という一言のために、どれだけの練習をつみ重ねてきたことか。

「でも俺の味とは、すこし違うよね」

「あら、お気づきになりました？」

「そりゃ、気づくだろ」

萱代さんが苦笑する。

「お疲れのご様子なので、舌も鈍ってるかと思って黄身だけで濃厚に……」

「ペコリーノも多いな」

「それも濃厚さのために。それに師匠、今日はいっぱい汗かいてたから、塩《しょ》っぱいくらいがちょど美味しいでしょ？」

ペコリーノ・ロマーノは、意外と塩分が多いチーズなのだ。そしてグアンチャーレだってけっこう塩っぱい。カルボナーラは、塩加減が難しいパスタなのだ。

「リガトーニを使ったのはどうして？」

「ソースが濃い目だから、食べごたえのあるパスタの方が良いかと思って。あと、ローマではリガトーニを合わせるって、師匠が教えてくれたじゃないですか。本家へのリスペクトってのもありますね。それと、やっぱり……」

「やっぱり？」

「師匠がお腹すいてるかと思って。ほら、今日はいろいろと大変だったから……」

驚いたように、萱代さんが目を丸くしている。

やがて苦笑すると、肩をすくめる。

「雷火さまのご高説をさっそく実践とは、恐れいったね……」

「えらいでしょ？　師匠のために、心をこめて作ったんですよ！」

萱代さんと雷火さまの勝負、そして敗因となった料理の本質……ワタシなりに思うところがあったのだ。

思い返せば、最初から……一年前からそうだった。この部屋で最初に作ったカルボナーラは、ワタシだって料理ができると証明したくて作ったものだ。

師匠にパスタを教えてもらうようになってからも、きっとその姿勢は変わっていなかったのだと思う。上達していることを証明するために作り続けていたのではないか……そんな風に思ってしまう。

雷火さまの「誰のためにこの料理を作ったのだ」という問いかけは、ワタシの心にも深く刺さった。彼の言う通り、やはり料理というのは食べる人のためのものなのだ。食べる人のことを思うほどに、おのずと相手が食べたい形になっていく……料理とは、そういうものなのだろうと思う。

「ワタシの分も食べていいですからね！」

「本当？　悪いね……」

空になった皿を引いて、手つかずのお皿を彼の前にサーブする。

お腹すいてないなんて言ってたくせに、二皿目もあっという間にたいらげてしまった。

「カルボナーラを二皿も食べるのは、これで二度目だな」

一度目のアレを、カルボナーラと呼んで良いものかどうか……。思い出すだけで、顔から火が出そうになってしまう。若気の至りということで、勘弁していただきたい……いや、決して若くはないのだけれど。

「一度目のヤツは、ローマ人への冒瀆《ぼうとく》だって言われましたからね」

「言ったっけ？　そんなひどいこと」

「忘れたんですか⁉」

「憶《おぼ》えてないなぁ……」

あんなに衝撃的な一言だったのに、憶えてないとは何ごと⁉　とは言うものの、実はワタシの中でもすっかり消化されていて、いまじゃ笑い話にだってできるのだ。

「この料理をカルボナーラと呼ぶのは、ローマ人に対する冒瀆だ。キリッ！」

指をL字に顎にそえ、萱代さんのキメ顔をまねてみる。

「何だよ、キリッ！って。そんな顔してないだろ」

「してましたよ！」

顔を見あわせ、互いに噴きだしてしまう。

ひとしきり笑いあった後、唐突に静寂がおとずれた。

気まずい空気をふり払うようにして、ワタシは声をあげる。

「ねぇ、師匠。これからも、いろんなパスタ教えてくださいね！」

「いいけど……何だよ改まって」

この面倒くさい人のところへ押しかけてから、もう一年がたとうとしている。一年もかかってしまったけれど、それでもやっと師匠に認めてもらえるパスタを作ることができた。そのことがとても嬉しい。本当に嬉しいのだ！

「パスタ職人《パスタイオ》になりたいんです、ワタシ！」

「プロになりたいの？」

「それもアリかなって思いますけどね。でも、気持ちの持ちようとして、職人でありたいって言うか、真面目に向き合いたいっていうか……」

「いいんじゃないの。お手伝いしましょう」

師匠とのパスタに彩られた日々は、これからも続いていくだろう。

パスタ職人《パスタイオ》を目指す旅は、まだ始まったばかりなのだから！


（了）

あとがき

中学生の頃『美味《おい》しんぼ』という漫画と出合ったことが、料理に本格的な興味をひかれる切っ掛けだったように思います。幼い頃から包丁を握っていましたが、料理や食材の知識を、歴史や背景を含めて識《し》りたいと思うようになったのはこの漫画の影響です。その後『ミスター味っ子』、『中華一番！』、『食戟《しょくげき》のソーマ』など様々な料理漫画と出合い、「どうやら料理とはバトルのことらしい」と認識するに至りました。本作の第六幕があのような展開になるのも、ご納得いただけるのではないかと思います。

さて、本作はわたしの初めての書籍化小説となります。

二十代の頃、純文学に夢中になり「小説を書こう！」と思い立つも、「書こうと思えばいつでも書ける」と嘯《うそぶ》いて過ごしておりました。あっという間に二十年ほどの時が過ぎ「このままでは一生書かない！」と慌てて書き始めたのが五年ほど前の話です。

小説投稿サイト『カクヨム』の片隅で細々と書いていましたが、『第８回カクヨムＷｅｂ小説コンテスト』ライト文芸部門で特別賞を頂戴する幸運に恵まれ、今回の書籍化に至った次第です。

本作にはパスタを始めとするイタリア料理の魅力は勿論《もちろん》のこと、わたしの『好き』がたくさん詰めこまれています。胸焼けしそうな濃厚素材をさっぱりと召し上がっていただけるよう、心を込めて調理いたしました。最後までお楽しみいただけましたでしょうか。楽しんでいただいた上で、イタリア料理の精神や料理の在り方について思いを馳《は》せる切っ掛けになることができれば、著者としてこれ以上の幸せはありません。

カバーイラストを描いてくださった東麻《とんま》マユカさん、素敵なカルボナーラをありがとうございます。イラストの青い皿に着想を得て短編を書き、本作の特典にしてもらいました。切っ掛けを与えてくださったこと、併せて感謝いたします。

編集Oさん、本作を更なる高みに押し上げていただきありがとうございます。また、本作を世に送り出すため尽力してくださった方々に感謝いたします。

そして、この本を手にしてくださった総《すべ》ての皆様に最大の感謝を捧《ささ》げます。

令和五年神無月《かんなづき》　武蔵野《むさしの》にて

からした火南《かなん》

お便りはこちらまで

〒一〇二―八一七七
富士見L文庫編集部　気付
からした火南（様）宛
東麻マユカ（様）宛

本書は、2022年から2023年にカクヨムで実施された「第8回カクヨムWeb小説コンテスト」で特別賞（ライト文芸部門）を受賞した「チャオ！チャオ！パスタイオ～面倒な隣人とワタシとカルボナーラ」を加筆修正したものです。

富士見L文庫

チャオ！　チャオ！　パスタイオ
面倒《めんどう》な隣人《りんじん》とワタシとカルボナーラ

からした火南《かなん》

2024年１月15日　初版発行

発行者　山下直久
発　行　株式会社 KADOKAWA
〒102-8177　東京都千代田区富士見2-13-3
電話　0570-002-301（ナビダイヤル）

印刷所　株式会社暁印刷
製本所　本間製本株式会社
装丁者　西村弘美

定価はカバーに表示してあります。

●お問い合わせ
https://www.kadokawa.co.jp/（「お問い合わせ」へお進みください）
※内容によっては、お答えできない場合があります。
※サポートは日本国内のみとさせていただきます。
※Japanese text only

ISBN 978-4-04-075295-2 C0193